名無しの権兵衛
Author ◆ Nanashinogonbee
星夕
Illustration ◆ Hoshiyu

金豚（レオルド）

主人公（ジークフリート）

エロゲ転生 4

運命に抗う金豚貴族の奮闘記

Reincarnation to the World of "ERO-GE"
The Story about Lazy Aristocrat Who Struggle for Resist His Destiny

箱の中身はイヤリングである。
レオルドが取って来た宝石がつけられており、
職人によって美しく加工された
珠玉の逸品だ。
シルヴィアは
レオルドからのプレゼントを丁寧に、
それはもう大切そうに受け取り、
胸の中に抱きしめた。

シルヴィア・アルガベイン
「素敵なプレゼントありがとうございます。レオルド様」
「どうでしょうか？似合っていますか？」

「すまない」
「謝らないで下さい。
今更、レオルド様が謝った所で
何も戻りませんから」
レオルド・ハーヴェスト
クラリス

エロゲ転生
運命に抗う金豚貴族の奮闘記 4

名無しの権兵衛

Reincarnation to the World of
"ERO-GE"

4

The Story about Lazy Aristocrat
Who Struggle for Resist His Destiny

CONTENTS

プロローグ

鍛錬も終わり、レオルドは執務室に戻ってシェリアに紅茶を淹れてもらい、ズズズッと口に含んで飲み干すと、一言放つ。

「人手を増やそう！」

現在のブラック企業まっしぐらの現場環境を改善すべくレオルドは人を増やすことに決めた。

まずは募集である。業務内容を記載し、月収、福利厚生、年休などの詳細を掲載した求人票の出来上がり。

「よし！！！」

「よしじゃないですよ。何やってるんですか……」

執務室で求人票を作ったレオルドが満足そうに掲げていたら、呆れたように部下から溜息を吐かれる。

「何って求人票を作っているんだ。流石に人を増やさないと、お前達が過労死するかもしれんからな」

「過労死という言葉は初めて聞きましたけど、確かに働き過ぎていて死にそうですね

「……」

「そうだろう？　だから、俺は求人票を作ってゼアトに人を集める！　俺が面接をしてもいいが、今回はお前達に任せよう」

「え？　領主であられるレオルド様が面接をしなくてもいいのですか？」

「ある程度の人格はお前達でも見極められるだろう。それでダメだったら次に活かせばいい」

「お、おお！　わかりました！　頑張ってみます！」

というわけで面接官はレオルドではなく他の文官達が担当することになった。

これでレオルドは別の仕事に励むことが出来る。

さて、一体何を始めようかと考えたレオルドは研究職の人間を見つけようと考えた。

ゼアトは発展しているとはいっても、まだまだ王都に比べたら文化レベルは低い。そこでレオルドは研究職の人間を見つけて、ゼアトの発展に尽力してもらおうと考えたのだ。

「王都に行くか……」

在野に優秀な人間はいるだろう。勿論、ゼアトにもいるはずだ。しかし、人口密度を考えれば、やはり最大の王都に向かうのが最も効率的なのは間違いない。

レオルドは文官達に仕事を任せて、王都へ向かう準備を始める。まずは護衛なのだが、レオルドは護衛が必要ないくらい強いので今回は、いや、今回も単独行動である。

そして、付き人はイザベルを連れて行きたいところなのだが、彼女はバルバロトの嫁である。流石に部下の嫁と二人っきりというのは避けたいのでレオルドはやはり単独行動だ。

「あのレオルド様……。わ、私も王都に行きたいな～って思ったり……」

レオルドが単独で王都へ向かう事を決めていた時、傍に控えていたシェリアがモジモジと体を揺らしながら王都へ行きたいと懇願した。

「ふむ……。それならば一緒に行こうか」

「え!?　いいんですか？」

まさか、本当に連れて行ってもらえると思っていなかったシェリアは驚きの声を出してしまう。

「なんだ？　冗談だったのか？」

その反応が面白かったレオルドはからかいの言葉をシェリアに投げ掛ける。

レオルドの言葉を聞いてシェリアは慌てて両手を振り、焦りながら口を開いた。

「いえ！　行きたいです！　レオルド様！！！」

「ハハハ、わかった。なら、準備しよう。荷物を纏めてくれ、シェリア」

「は、はい！　畏まりました！」

王都へ行くことが決まったシェリアはパタパタと走り、主人であるレオルドの荷物を用意し、自身も外出用の装いに着替えてと大忙しである。

レオルドはそんなシェリアを横目によそ行きの服装に着替えていく。その途中、レオルドはシャルロットをどうするか悩んだ。

王都に行くと言えばついて来るかもしれない。それは別に構わないのだが、彼女はトラブルメーカーだ。

とはいっても、ゼアトに来て以降は特に問題は起こしていない。ならば、連れて行っても平気なのではと考えたが途中で考えるのを止めた。

「今回は人材の発掘だし、シャルロットはいなくても大丈夫だろう」

という訳でレオルドはシェリアと二人で王都へ向かう事にするのであった。

ゼアトに設置されている転移魔法陣へとシェリアと共に向かい、王都へと旅立つレオルド。

「わ、私、転移魔法初めてです！」

レオルドの傍で初めての転移魔法に緊張で震えているシェリアは上擦った声を出している。

「そう言えばそうだったか？　まあ、大したことはない。怖いのなら俺の腕にでもくっついていいぞ」

「そ、そうします！」

冗談で言ったのだがシェリアは本気で怖がっていたのでレオルドの腕にひしっと抱き着

いた。思わず、声を出してしまいそうになったがレオルドはなんとか耐えた。

（危ねえ～！　思わず、おほッ！　とか言いそうになったわ……）

頼れる主人というレッテルが剥げるところだった。間一髪である。

「それでは準備はよろしいでしょうか？」

「ああ。よろしく頼む」

「よろしくお願いします！」

魔法陣を管理している魔法使いが二人に声を掛けて、転移魔法陣を発動させる。


レオルド達の足元が光を放ち始めて、目を覆うほどの光が二人を包むと、王都の魔法陣の上に二人は立っていた。

「あ、あっという間でしたけど、ここが王都なんですか？」

「建物の造りが違うだろう？　それにほら」

指を差す方向には先程の魔法使いとは全く別の魔法使いが立っていた。シェリアはそれを見て理解する。

「わ、本当に転移したんだ」

「まあ、実はシェリアが目を瞑（つぶ）ってる間に入れ替わっただけでまだゼアトなんだがな」

「え！　騙したんですか！」

「ウ・ソ。ここは正真正銘の王都さ」

「なッ！　もうレオルド様！　からかうなんてひどいです！」

「ハッハッハッハッハ！」

ポカポカと可愛らしく叩くシェリアの顔はハムスターのように膨れていた。むーと睨んでいるシェリアにレオルドは悪い悪いと謝り、機嫌を直してもらおうと提案を出した。

「すまんすまん。お詫びと言ってはなんだが王都の菓子屋で好きなものを買ってやろう」

「ホントですか！　だったら、許してあげます！」

「クク、シェリアは可愛いな」

お菓子一つで機嫌を良くしてくれるのだから安いものである。単純だがまだまだ可愛らしいシェリアにレオルドはほっこりしていた。

「さて、まずは陛下に面会と行こうか。今回の件を相談しなくてはな」

王都へやってきたレオルドはまず最初に国王へ面会を求めた。それなりの信頼はあるが、やはり筋を通しておかなければならないだろうとレオルドは王城へ向かうのであった。

王城へと着いたレオルドは国王への面会を求めた。レオルドの付き人として王城へ来て

いるシェリアは緊張に震えていた。

何度か来たことはあるが、やはりまだ慣れないのだ。

少しでも失礼があれば物理的に首が飛んでもおかしくないのだから、それも仕方がないだろう。

レオルドは緊張した様子もなく、いつもと変わらない自然体で過ごしているのを見てシェリアは尊敬の念を抱く。

やはり、主人のレオルドは凄い。これから王様に会うというのに、汗一つかいていない。流石レオルド様だとシェリアは誇っていた。

それから、数十分が経過したころに国王が面会出来ると言うのでレオルドはシェリアを残し、一人国王のもとへ向かう。

使用人に案内されたレオルドは国王の待っている部屋へ入る。中には宰相と国王、そして護衛のリヒトーの姿があった。

「ご機嫌麗しゅうございます。国王陛下におかれましては――」

「ああ、いい。ここには私達以外誰もいない。長ったらしい前置きは言わなくても構わないぞ」

「ご配慮ありがとうございます。では、早速ですが本題に入らせていただきます」

「うむ。今回はどのような件で王都へ参ったのだ？」

「は。実は人手不足でして、王都の方から人を招こうかと思いまして、此度王都まで参ったと言う訳です」

「なるほどな……。人を連れて行くのは構わないが、以前も言ったように職人などは見習いまでだ。それと、誰を連れて行ったかを報告書に纏めてくれ」

「は。畏まりました」

「ちなみに、ただ人を見に来ただけなのか？」

「と言いますと？」

おかしなことを聞いてくる国王にレオルドは不思議そうに首を傾げた。

「オホン。いや、なんだ。お前はシルヴィアと仲がいいだろう？　だから、あの子に会わなくてもいいのかと思って聞いておるのだ」

「で、殿下とは確かに王家の中でも特に仲良くはさせてもらっていますが、あくまでも自分は臣下です。そのような関係ではありません」

「顔を赤くしてよく言うものだ」

ボソッと呟く宰相にレオルドはキッと鋭い目を向けるが、この程度の戯言で顔を赤くしている若造など怖くもないと、宰相はどこ吹く風だ。

「ゴホン！　陛下、もう一度言いますが殿下とはあくまでも臣下と主の関係であってそれ以上でもそれ以下でもありませんので、そこの所ご理解を願います」

「ククク、わかった。そういう事にしておこう」

（絶対、嘘だ！　あー、この様子だとシルヴィアもからかうつもりだな、この人達！　やだやだ！　これだからオッサンは！　若者の恋愛を弄ることばかりしやがって！）

これ以上、この場にいても弄ばれるだけだとレオルドは早々に立ち去るのであった。

応接室で待たされていたシェリアを引き連れてレオルドは城下町へ赴くのだが、当然彼女が見逃すわけがない。

レオルドが王都へやってきたことを諜報員から聞いていたシルヴィアが城門近くにいた。

「で、殿下……」

「え！　シルヴィア殿下!?」

恐らくは待ち構えていたのであろうと推測したレオルドと予想だにしていないシルヴィアの登場に驚くシェリア。

「御機嫌よう、レオルド様。そんなに急いでどちらへ向かわれるのですか？」

「……少し、王都の城下町へと人を見に行こうかと」

「まあ、そうでしたか！　そういう事でしたら、是非私もご一緒してもよろしいでしょうか？」

断ることの出来ないレオルドは乾いた笑みを浮かべて、シルヴィアの同行を認める。どうせ、国王も承諾済みだろうとレオルドは呆れたように息を吐いた。

（まあいいか。前ほどシルヴィアの事は苦手じゃないし）

だんだんと慣れ始めているレオルド。完全にシルヴィアの術中に嵌（はま）っていた。陥落する日もそう遠くはないだろう。

一度戻った城の中から今回も前回同様に変装しているシルヴィアが出てくる。しかし、今回はレオルドに付き人のシェリアがいる。

彼女をどうするかだが、選択肢は少ない。

レオルドの侍女であるシェリアを面倒事に巻き込むわけにいかないと考えたシルヴィア。彼女は護衛である近衛（このえ）騎士レベッカにシェリアを任せ、みずからはレオルドに接近。シルヴィア、レオルド、シェリア、レベッカの四人で行動することとなった。

「では、参りましょうか。レオルド様！」

「腕を組む必要があるのでしょうか？」

「細かい事は気にしない方がよろしいですわ。それにこうしていれば私とレオルド様だと気がつく者は少ないでしょうし」

はて、本当にその通りなのだろうかと考えるレオルドであったが、お互いに変装をしている身だ。

言われてみれば仲の良いカップルにしか見えないだろう。レオルドとシルヴィアだと分かる人間は少ないように思える。

そのようなことはない。知っている者からすれば一目瞭然だ。二人はお互いに有名人である。レオルドは悪い意味でも有名だ。

そんな二人がいくら変装しているとはいえ、腕を組んで歩いていれば確実に噂になるだろう。

普通ならそれくらい分かるだろうがレオルドはシルヴィアの巧みな言葉に騙されてしまう。

「それにレオルド様。私、認識阻害の魔法をかけていますので正体は決してバレませんわ！」

「おお、流石王家ですね。そのような高等魔法を扱えるとは」

「オホホホホ。王家の人間として当然ですわ」

真っ赤な嘘である。認識阻害の魔法は存在こそするがシルヴィアには使えない魔法であった。

「そういう事でしたら、まあ、腕くらいは組んでも問題ないでしょう」

「うふふ！　では、参りましょうか！」

（レオルド様。騙されてる……）

一連の様子を見ていたシェリアは同じ女性としてシルヴィアの嘘を見抜いていた。だからと言って報告することはない。

彼女はただの付き人である。主人を騙しているのは王家の人間だ。いくらなんでも相手が悪すぎる。

それにシルヴィアはレオルドを騙しているが金品を奪おうとしているわけでもない。ただ一緒にいたいが為に嘘を吐いているのだ。

ならば、ここは空気を読んで黙っておくのが吉であろう。シェリアは何も見なかったことにした。

第一話 ✧ 巡り会う仲間達

城下町へとやってきたレオルド一行は、人材を探しに職人のいる区画へと向かう。見つけるべきは研究職の人間だが、レオルドはそのことを覚えているのだろうか。

一行が向かったのは魔道具専門店。レオルドは魔道具職人を探しに来たのだが、店頭に並んでいる魔道具に夢中で完全に目的を忘れていた。

「おお……！」

目をキラキラと子供のように輝かせるレオルド。それを見て、クスクスと楽しそうに笑うシルヴィア。

さらにその後ろで二人の様子を眺めているシェリアとレベッカ。シェリアは横に並んでいるレベッカを見上げるが、彼女は寡黙な性格なのか会話がない。

別に会話をしないことは悪いわけではないのだが、シェリアは今までイザベルや他の侍女と会話を楽しんでいた。おかげで、少し寂しいシェリアはしょんぼりとしている。

対して、レベッカの方は困っていた。無論、シェリアについてだ。

彼女も会話をしたくないわけではないのだが、何を話せばいいか分からないのだ。

近衛騎士であるレベッカは女の子らしいことをあまりしてこなかった。そのせいか、シェリアのような女の子とどう話せばいいか分からないのである。

（な、何を話せばいいのでしょうか？）

（やっぱり、お姫様の護衛なんだからお仕事に真面目なんだよね。普通はそうだもんね。レオルド様の所が特別ってだけで他はこれが当たり前なんだ……）

改めてシェリアは自分が恵まれた環境にいることを理解する。最初こそ、金豚と罵られていたレオルドに仕えるように命じられ、絶望したが今は違う。

むしろ、感謝しているくらいだ。祖父のギルバートは相変わらず、厳しいが職場であるレオルドの屋敷に勤めている他の侍女はとても優しい。

そのおかげでストレスもなく、のびのびと仕事が出来る。自分がとても恵まれていることをシェリアは実感するのであった。

「レオルド様。魔道具もいいですが人をお探しなのでは？」

魔道具に夢中であったレオルドにシルヴィアは本来の目的である人材探しを思い出させる。

「あ、そうでした。これは申し訳ない。助かりました、殿下」

「いえいえ、お気になさらず。魔道具に夢中になって幼子のように目を輝かせているレオルド様を見るのは楽しゅうございましたから」

心からそう思っているシルヴィアは楽しそうに笑っていた。

その笑顔を見てレオルドは恥ずかしそうに顔を赤くして、シルヴィアから顔を背けて後頭部をかいた。

「いや〜、ハハ。お恥ずかしい」

「ふふふ。もっと見ていたかったのですが、レオルド様もお時間に限りがあるでしょうから声を掛けさせていただきましたわ」

「その点については本当にありがとうございます」

感謝の言葉を伝えるレオルドはシルヴィアに何度も頭を下げる。彼女に言われなければレオルドは目的をすっかり忘れていただろう。

「少々、寄り道してしまいましたが本来の目的である人材探しを始めましょうか」

という事で、レオルドは魔道具専門店を出て街をぶらつき、目に入った工房に足を踏み入れて見習いの職人達を吟味していく。

いくつもの工房を巡り、見習いの職人達を見たが目ぼしい人材はいなかった。

レオルドは当てが完全に外れてしまい、見るからに落胆していた。肩を落としているレオルドをどうにか励まそうとシルヴィアが声を掛ける。

「レオルド様。そう落ち込まないでくださいませ。前回は運が良かっただけなのです。今回は巡り合わせがなかっただけですわ。だから、そう気落ちしないでください」

「ハハ、そうですね。殿下の言う通りです。前回は本当に運が良かった。今回は殿下の言う通り、巡り合わせが悪かっただけということにします」

　そう言ってレオルドはどんよりとした表情からパッと明るい表情へと変わる。要は気持ちの問題であった。

　シルヴィアの言う通り、運が悪かったという事にしておけば、幾分か気分が楽になるとレオルドは顔を上げた。

（くよくよしてられないな。前回、マルコに出会えたのは本当に運が良かっただけだ。現実はこんなものさ）

　前回はたまたま運よくいっただけ。普通はこんなもんだと鼻で笑うレオルドは三人の方へ顔を向けて笑顔を見せた。

「もう少しだけ探してみましょう。もしかしたら、出会いがあるかもしれませんから」

「レオルド様の気の済むまで私はどこまでも付き合いますわ」

「さ、流石に殿下を一日中連れ回すのは気が引けますので程々にしておきます」

「私は全然構わないのですが……」

「あははは……」

　残念そうに頬へ手を当てて愁いを帯びた表情を見せるシルヴィアにレオルドは乾いた笑みを浮かべるのが精一杯であった。

　さて、これからどうしようかと悩んだレオルドは顎に手を当てる。考えるポーズを取ったレオルドはどうするべきかと思考を巡らせた。

（そういえば、あそこには行ってなかったな……）

レオルドが言っているのは旧市街地のことである。旧市街地とは、はっきり言えば犯罪者の巣窟だ。

ホームレスをはじめとして、身寄りのない子供達などといった者もおり、人は住んでいるが衛生面は最悪である。

そんな場所へシルヴィアを連れて行くわけにもいかないとレオルドは選択肢の中から掻き消したが、一度考えてしまうとどうしても気がかりになってしまう。

（う～む……！　流石に殿下を旧市街地に連れて行くのは無理だろうな。ここは一旦、適当な言い訳をして後日一人で行こう）

一応、自分と護衛のレベッカがいるので安全ではあるが、シルヴィアを衛生面の酷い旧市街地へ連れて行くのは気が引けるとレオルドは考え、後日一人で行く事を決めた。

「殿下。今日はどうも巡り合わせが悪いようなので、ここまでにしておきましょう」

「いえ、レオルド様。まだ旧市街地の方が残っておりますわ」

「ピッ……！」

まさか、シルヴィアの口から旧市街地の名前が出てくるとは思わなかったレオルドは変な声を出してしまった。

「で、殿下。確かに旧市街地にも人はいます。ですが、あのような場所に殿下を連れて行くわけにはいかないのです」

「レオルド様。私は王族です。旧市街地がどういう所なのかは良く理解しております。レオルド様とレベッカが護衛としているのですから、大丈夫ですよ」

そう言われてしまうと、言い返せないレオルドはせめて何か言おうと口を開いたが声は出ず、シルヴィアの言葉に首を縦に振った。

「わかりました。殿下がそう言うのであればこれ以上は無礼でしょう。ですが、一つだけ約束してください。絶対に私とレベッカ殿の傍を離れないように」

まるで、その言葉を待っていましたとばかりにシルヴィアはレオルドの腕に抱きついた。

「わかりましたわ！　片時もレオルド様の傍を離れないようにいたします！」

「……腕に抱きつく必要はないのですよ？」

「先程、自分で仰った事をお忘れですか？」

「…………戦闘の際には離れるようお願いします」

これは何を言っても言い負かされると判断したレオルドは戦略的撤退を決めた。

四人は移動し、旧市街地へ向かう。その間もシルヴィアはニコニコとレオルドの腕を抱いており、恋人のように振る舞っていた。

大義名分を得たり。今の彼女は無敵である。

それから、しばらくして四人は旧市街地へとやってきた。王都の中だというのに鬱蒼とした雰囲気である。

まだ昼間だというのに影が差し込んで、薄暗い旧市街地にシェリアが怯え震えていると、レベッカがそっと寄り添った。

「大丈夫ですよ。私の傍についていてなさい」

「あ……はい！」

シルヴィアの護衛についているという事は、相当の実力者だとシェリアも理解しているのでレベッカの傍はとても安心するのだ。

「すまない。レベッカ殿。ウチの侍女を頼む」

「お任せを」

「では、殿下。私の傍から離れないように。行きましょう」

意を決して旧市街地へ足を踏み入れる四人。鬼が出るか、蛇が出るか。それはまだ誰にも分からない。

旧市街地へ足を踏み入れた四人は道端にいる怪しいローブを被った人を目にするが、無視して先に進む。

背後から視線を感じるが襲ってくる気配はないのでレオルドとレベッカは剣を抜く事はなかった。

警戒をしておくに越した事はないが、出来れば争いごとは避けたい。ここは王家の威光も届かない場所だからだ。

「レオルド様」

「分かっている。レベッカ殿、後ろは任せた」

囲まれている。そう気がついた時、レオルドは後ろからレベッカに声を掛けられ、静かに剣を抜いた。

「いるのは分かっている。出来れば争いたくない。大人しく立ち去るなら、こちらも剣を収めよう。しかし、襲ってくるというのなら、その時は容赦なく斬る！」

剣を構えて大声を上げるレオルドに怯んだのか、四人を囲んでいた気配が消える。

「……どうやら、素直な連中だったようですね」

「そうだな。しかし、やはり、こうなったか……」

変装しているとはいえ、レオルドとシルヴィアの二人からは隠しきれない金持ちオーラが発生している。

勿論、目に見えるものではなく上等な服と佇まいの話だ。二人はそこらの平民には見えないのである。

「仕方がありませんね。殿下とレオルド様のお二人は普通の一般市民には見えませんから。変装していても高貴なオーラは隠しきれてませんよ」

「変装は完璧だと思ったんだが……」

「見た目は完璧ですよ。レオルド様だと一目では分かりませんから。ただ、金持ちかどうかはある程度わかるレベルです」

「そうか。今度からもっとみすぼらしい格好にするか」

レベッカの助言を聞いてレオルドは次からはもう少し、控えめな格好をしようと決めた。

危機が去ったのでレオルドは剣を収め、再び歩き始めた。

当然、レオルドの腕にシルヴィアは抱きついていた。

先程、離れはしたが戦闘の為に一時的に離れただけ。彼女はレオルドの言葉通り傍にいるだけなのだ。何も悪くはない。

しばらく、歩き続けて旧市街地を見て回るが、特に何かがあるわけでもなく、レオルドは外れであったかと小さく息を吐いた。

（ここも駄目だったか……。まあ、そう都合よくはいかないよな）

これ以上探し回っても時間の無駄だろうとレオルドは切り上げて、引き返そうとした時、ボフンと爆発音が聞こえる。

控えめな爆発音であったが、レオルド達は何があったのだろうかと顔を見合わせる。

「見に行きましょう」

シルヴィアの言葉に従い、四人は爆発音のした方向へ急いだ。

そこは小さな民家で窓からモクモクと黒煙が上がっている。爆発音はアソコからだろう。住人は果たして無事なのだろうかと見守っていると、中から人が出てくる。よれよれの白衣が焼け焦げている不気味な男が出てきた。煙を吸い込んでしまった男はゲホゲホと咳き込んでいる。

怪しげな風貌の男に四人は怪訝そうに眉を顰めたが、レオルドは何かを感じたらしく声を掛ける事にした。

「すまない。少しいいか？」

振り向く男の顔は痩せ細り、どちらかというとやつれている。目の下には大きなクマが出来ており不気味な見た目をしていた。

レオルドの傍にいたシルヴィアは怖くないのに、レオルドの腕をギュッと抱きしめて乙女アピールに男を利用する。

そうとは知らず、レオルドはシルヴィアが怯えているのだろうと思い、安心させるように彼女の手に自身の手を重ねた。

実に見事な作戦である。レベッカはシルヴィアが怯えていないことを見抜き、心の中で賞賛していた。流石ですシルヴィア様、と。

「はて？　私に何か用でしょうか？」

「ああ。先程の爆発音を聞いたのだが、何をしていたら爆発など起きたのだ？」

「はあ。何をと言われましたら、実験を行っていただけですが……」

「実験？　それは何のだ？　少々、気になるな」

「こう見えましても、かつては研究所に所属しておりまして、魔法の研究を行っておりました」

「ほう！　それは面白そうだ。それで、実験とやらは何をしていたのだ？」

「新たな魔法陣の構築です。既存の術式に改良を加えておりまして」

「なるほど！　詳しく話を聞きたい！」

「それはまあ、構わないのですが貴方はどちら様なのでしょうか？　ああ、それとそちらにお見えになるシルヴィア第四王女殿下につきましてはご機嫌麗しゅうございます」

シルヴィアは現在変装をしており、よほど知っている者でもなければ一目見て気づくことは出来ないだろう。

それなのに、目の前の男は変装を見破った。剣に手を掛けたレオルドであったが、そもそも彼女に対して礼儀を弁えている時点で、この男の出自に心当たりがある。

「お前、もしや元貴族か？」

「ええ。私の名前はルドルフ・バーナード。今は実家から勘当された身ですので、ただのルドルフですがね。第四王女殿下と共に行動する貴方はさぞ高貴な御方とお見受けしますが、いかがかな？」

「高貴かどうかは分からないが私の名前はレオルド・ハーヴェストだ」

「ハーヴェスト！　もしや、公爵家の？」

「追放された金豚だ」

レオルドの返答にキョトンとしたルドルフは笑い声をあげてしまう。

「ハハハハハ、これは面白いお方だ！　おっと、失礼」

ルドルフは思わず笑ってしまったが、レオルドとシルヴィアの目の前であることを思い出し、非礼を詫びる。

「何、気にするな。事実だからな。それよりも、気になることがある。ルドルフ、お前は勘当されたと言っていたな？　つまり、住所不定の無職という事でいいのか？」

「ええ、そうです。ここの家を借りて実験を行っていますが、成果はあまり。私財もそろそろ底を突きそうなので、破滅間近でありますよ」

「フフフ、それは実にいい事を聞いた。ルドルフよ、俺のもとへ来ないか？」

「勧誘ですか？　悪い事は言いません。やめておいた方がいいでしょう」

ルドルフはレオルドの勧誘に目を丸くしたが、首を振って断ってしまう。

「何故だ？」

「あの……レオルド様」

疑問に思うレオルドがルドルフに詰め寄ろうとしていたら、シルヴィアが服の裾を引っ張り、彼を止める。

「殿下、どうなされました？」

「レオルド様はルドルフが何故実家を勘当され、このような場所にいるかを知らないのでしょうか？」

「そう言えば知りませんね。殿下は知っておられるので？」

「はい……」

どこか言いにくそうに目を逸らすシルヴィア。それを見て察するレオルド。

「殿下。言えないようでしたら言わなくても結構ですから」

「あ、いえ、そういうのではなくて、彼は爆弾魔なのです」

「ひょ？　爆弾魔？」

予想もしていない答えにレオルドはぐるりと首を回し、ルドルフを見た。

「はい。私、所属していた研究所を爆破して吹き飛ばしてしまったのです。三回も」

スリーピースして笑っているが、言っていることがぶっ飛んでいる。

一度ならず三度も研究所を爆破したくせに反省の色がないところが最悪だ。

「もしや……ルドルフ。お前、混ぜるな危険を平気で行うタイプか？」

「概ねその通りです」

あっけらかんと答えるルドルフにレオルドは虚を突かれたように目を丸くしたが、あまりの非常識さに愉快な気持ちになり笑い声を上げる。

「フハハハハハハ！　面白い！　実に面白い男だ、お前は。決めたぞ、ルドルフ。やはり、お前が欲しい。俺のもとへ来い」

「こちらとしては嬉しい限りですが、本当に後悔しないので？」

「それは後で出来る。それよりも俺は新しいものを恐れ、歩みを止める賢者よりも常に新しいものを求め、無茶無謀を繰り返す愚者がいい。お前は間違いなく後者であろう？」

「ハハハ、そうですな。周囲からはクレイジーや変人、大馬鹿者と罵られておりますとも」

「やはりか。であれば、どうする？」

「いいでしょう。ですが、その前に職場環境などを教えて頂けるとありがたいです」

「ああ、そうだったな。ウチはシャルロット以外は研究職はいない。それゆえに給与については後ほど詳細を決めよう。職場については新しく研究所を用意してやろう」

「おお……！　新しい研究所を頂けるとはっ！　私のようなクレイジーでよければ、閣下のもとでどうかお使いください」

　ルドルフは忠誠を誓うように片膝を地面につけて、レオルドに頭を下げた。

「これからよろしく頼むぞ。ルドルフ」

「は。レオルド閣下の仰せのままに」

期待していなかった旧市街地でレオルドはとんでもない掘り出し物を掘り当てたと大喜びである。

これで後は帰るだけだとレオルドは旧市街地を引き返そうとしたのだが、ルドルフが声をかけて止めた。

「レオルド閣下。お待ちを」

「ん？　もう荷物の用意は済ませただろう？　まだ何かあるのか？」

「実は面白い子がいるのです」

「ほう。それは気になるな。どこにいる？」

「ご案内しましょう」

という事でレオルド達はルドルフの後ろをついて行く。

先程と変わらず、シルヴィアはレオルドの腕に抱き着き、くっついていた。

「レオルド様。本当に彼を雇うつもりですの？」

「無論、雇いますとも。バカと天才は紙一重と言います。彼は恐らく、その類の人間でしょうから」

「発想は確かに常人には到底出来ませんが……危険人物に違いはありませんよ？」

レオルドの事を心配してシルヴィアは忠告をするのだが、彼のもとにはすでに最大の危険人物がいる。

「シャルロットがいますので。彼女よりも危険な人間などこの世にはいないでしょう」

「……あとでシャルロット様にご報告いたしますわ」

ニッコリと笑うシルヴィアにレオルドは懇願する。

「お止めください。死んでしまいます」

「さあ、どうしましょうか？」

「何がお望みですか……」

交渉して勝てる相手ではないと見切りをつけたレオルドは賄賂を渡す気満々だ。

（流石にここで結婚してください、などとは言えませんので無理のない範囲でお願いを聞いてもらいましょうか）

無理難題を押し付けて嫌われるわけにもいかないのでシルヴィアは簡単なお願いをすることに決めた。

「でしたら、今度私の為にドレスでもアクセサリーでも構いません。プレゼントをくれませんか？」

「プレゼントですか。その程度でしたら喜んで」

「約束ですわ。レオルド様」

「はい。必ず、このレオルド・ハーヴェスト。殿下に相応しい贈り物を用意してみましょう」

安請け合いしているレオルドだが内心ビクビクである。

(王族に生半可なものは渡せねえ！　知恵を振り絞らないと……)

(あの顔を見る限り、レオルド様はとんでもないものを渡してきそうですね。レオルド様が私の為を思ってくださる物ならばなんでもよいのですが……)

好きな人からプレゼントを貰えるなら、なんでもいいとシルヴィアは思っているのだがレオルドは違う。

彼は第四王女であるシルヴィアに渡しても不敬にならないものを必死で考えていた。

「あちらです」

先頭を歩いていたルドルフが止まり、指を差した方向には酒場があった。

見るからにボロそうな建物で繁盛しているようには見えないが、客が入っていくところを見ると潰れてはいないようだ。

「あれはなんだ？」

「酒場です。提供している酒の質は最低ですが飲めないことはありません。まあ、皆様にはお勧めできませんが」

「それは見れば分かる。あそこにお前が俺に会わせたい者がいるのか？」

「ええ。ついてきてください」

言われた通り、レオルドはルドルフの後をついていき、酒場の中へと入っていく。

やはり、見た目通りの酒場で中も床が抜けていたり、汚れていたりと酷い有様ではあるが何人かのお客が酒を飲んでいる。

「少々お待ちを」

ルドルフはそう言い残して、奥のカウンターへ向かい店主と少し話すと、すぐに戻ってきた。

「もうしばらくお待ちください。店主に呼ばせましたので」

それから、しばらくすると継ぎ接ぎだらけの服を着ているシェリアより少し年上に見える女性が現れた。

ビクビクと震えており、声を掛ければ逃げ出してしまいそうな雰囲気である。

彼女を見てレオルドはルドルフに目をやる。もしかして、目の前の女性がお前の言っていた奴かと目で訴えていた。

「こちらの女性はハンナさんと申します。王都の学園を中退して今はここで給仕をして細々と暮らしているのです」

「ハ、ハンナと申します！　田舎者なので礼儀を知らず、お許しを！」

「ああ、俺はその辺り気にしないから結構だ。ハンナと言ったな」

「は、ははは い！」

「そう緊張しなくても……流石に無理か」

「はぃ……」

見るからに貴族なレオルドとシルヴィアがいるのだ。ハンナに緊張を解けと言うのは酷である。

「オホン。学園を中退したと聞いたが、理由を訊いてもいいか？」

「えへへ、その……私、実技の方がてんでダメでして……」

「進級試験に落ちたのか。座学は問題なかったのか？」

「はい。せめて勉強だけはと必死でしたので」

「ふむ……」

田舎者だと言っていたが、彼女は頭がいいのだろう。話している限り、知能が高いのは分かった。

「実技でダメだと言ったが、具体的には何がダメだったのだ？」

「あ、と、それは……」

「言えない事なら言わなくてもいいが……」

「いえ、もう過ぎた事ですから大丈夫です。私のスキルが原因でして」

「スキル？　どのようなスキルだ？」

「一撃特化というスキルでして、私が魔法を発動すると勝手にスキルが発動してしまい、全ての魔力を使い切ってしまうのです」

それは魔法使いという職業には致命的であった。

一発しか魔法の撃てない魔法使いなどお荷物でしかない。

「それだけであれば、別に問題はなさそうだが？」

とはいえ、レオルドの言う通り、一撃特化は悪くないスキルだ。

確かに全魔力を消費してしまうデメリットはあるものの、一撃を最大限にまで高め放つ、その破壊力は侮れない。

「……私、魔力がとても少ないんです」

「ああ……そういうことか」

スキルがいくら有用でも扱う者がダメなら意味はない。

ハンナが学園を中退したのは魔力が少ない上にスキルが噛み合わなかったせいだ。

持ち味を生かすどころか完全に殺してしまい、試験に合格できず、落第という結果である。

「どうです？　レオルド様。面白そうな子でしょう？」

「まあ、一撃特化というスキルは有用性が高いからな、滅多に持っている者はいない。お前の言う通り、面白いと言えよう」

レオルドの頭の中ではハンナの有用性について考えていた。

魔力が少ないのであれば、他から補えばいい。それなら、簡単な話であるとレオルドはすぐに解決策を思い付いた。

「ハンナ、お前は魔力が少ないと言ったが、具体的にはどれくらいだ？」

「えっと……ファイアボール一発分くらいです」

「そ、そうか……」

流石にそれは酷いとレオルドも頬を引き攣らせた。

「んん！　ああ、ハンナ。お前は恐らくその……金がなく、魔力を補う事も出来なかったのだろう？」

「う……はい」

「であればだ。魔力さえ補えれば問題はない。そうで間違いないな？」

「え、それは、多分そうだと思いますが……」

確証はないがハンナも魔道具で魔力を補おうという事は考えていた。

ただ、金額があまりにも高かったので諦めざるを得なかったが。

彼女とて試せるのなら試したいが、貴重な魔道具を店が貸してくれるわけもない。

勿論、それは知人、友人も同じだ。いくら仲がいいとはいえ、高価な魔道具を貸したりはしないだろう。

「そこで提案なのだが、俺のスキルは魔力共有というものだ」

「はあ。それは確か他者と魔力を共有することの出来る希少なスキルですよね？」

「そうだ。説明の手間が省けて助かる。提案というのは俺と魔力共有をしてみないか？」

「ええ！　それは願ってもない話ですが……何故そのような話を私に？」

「ルドルフの推薦というのもあるが、純粋に一撃特化のスキルを持った者が俺と魔力共有をしてどれ程の魔法を放てるか見てみたい」

「それだけではないのではないでしょうか？」

「流石に分かるか。お前の想像通り、使えるかどうかを判断したい」

「もし、ダメだったら……」

「悪いが慈善事業ではない」

その言葉を聞いてハンナは顔を青くする。

突然、降って湧いた希望が一瞬にして絶望へと変わった。

まだ決まったわけではないが、学園を中退したという過去があるハンナはネガティブになっていた。

きっと、ダメだ。自分はこのチャンスも活かすことが出来ず、一生底辺のままだ。自分はダメな人間だとハンナはネガティブになっていた。

「ハンナ」

俯いていたハンナの頭上からレオルドの声がする。彼女は恐る恐る顔を上げる。

「ハンナよ、俺はお前がどういう人間なのかは分からない。だが、今考えていることは分かる。失敗を恐れているのだろう？」

　その通りだ。ハンナは折角のチャンスを掴むことが出来ず、何も成せないまま終わるのが怖くて仕方がないのだ。

「俺はお前を励ますことは出来ん。だが、アドバイスくらいは出来る。怖くて仕方がないときは一度立ち止まって原点を思い出してみればいい」

「原点……」

「そうだ。お前は田舎から来たと言ったな？　ならば、故郷でのことを思い出してみればいい。この王都に来る時、お前は何を考えていた？」

　そう言われてハンナは思い返す。故郷を出て、王都へ旅立つ日の事を。

「わ、私は立派な魔法使いになって皆に恩返ししたかったんです……。学園に入学するだけのお金を故郷の皆が出してくれたんです。だから、立派な魔法使いになって皆に恩返しをしようって……！」

「いい目標だ」

「でも、私、全然だめで……失敗ばかりで折角皆がお金を出してくれたのに、学園も中退しちゃって……」

「だが、お前はこうして王都に残り、今も足掻いているんだろう？」

「皆にあわせる顔がないからこうしてしがみついているだけです……！」

「まあ、そうかもしれんが、お前の故郷の家族は一度失敗したくらいでお前を嫌ったりもしないいんじゃないか？」

「ッ……はい」

「なら、もう怖いものはないだろう」

怖くはないと言うと嘘になるが、今のハンナは少しだけ勇敢であった。

失敗すれば終わり。でも、死ぬことはない。死ななければ、何度だってやり直せる。

ならば、やろう。今の自分に出せる最高の魔法をレオルドに見せようとハンナは覚悟を決めた。

「よろしくお願いします」

「よし、ならばこの俺、レオルド・ハーヴェストの手を取れ」

「え？　レオルド・ハーヴェスト！　あ、申し訳ございません！　わ、私、貴族の方と知らずにとんだ無礼を」

慌てて両膝を突き、頭を下げようとするハンナをレオルドは止めた。

「ああ、待て待て。今はそのようなことはしなくていい。それよりも、今は俺の手を取れ。魔力共有をするぞ」

「で、ですがいいのでしょうか？」

「構わんさ。ルドルフを見てみろ。アイツは俺が貴族と知ってもあのような態度だぞ」

レオルドが指差す方向にいたルドルフはひらひらとハンナに向かって笑顔で手を振っていた。

それを見たハンナは旧市街地の中でも特に変人なルドルフがあのようにしているのだから、レオルドはとてもおおらかな人なのだと思い込むことにした。

「わ、わかりました」

ハンナはレオルドが差し出してきた手を握り挨拶をする。

「これで魔力共有は出来た。流石にこのような場所で魔法を撃つわけにもいかん。よって、これよりゼアトへと戻る」

ハンナは酒場で給仕をしていたのでレオルドは店長に話をつけてから、彼女を引き取った。

人間、金を握らせれば高確率で素直になる。店長もその例に漏れない人間であったので助かった。

ルドルフとハンナをお供にしてレオルドはもうこれ以上の人材はいないだろうと旧市街地を後にする。

旧市街地から普通の市街地へ戻ってきたレオルドは、早速転移魔法陣のもとへ向かい、ゼアトへ帰ろうとしたが、その前にシルヴィアを王城に送り届ける必要がある。

その事に気がついたレオルドは、一旦進路を変えて転移魔法陣ではなく王城へ向かう。

途中、ハンナは進路方向が王城であることに気がついて首を傾げた。

何故、王城の方へ向かっているのだろう。王城の近くに何か用事でもあるのだろうかと不安げにハンナはレオルドに目を向けた。

背後からの視線に気がついたレオルドは説明するかを悩んだ。

ルドルフはシルヴィアの正体に気がついているので問題はないのだがハンナは違う。

彼女はシルヴィアの正体に気がついていない。シルヴィアが第四王女だと知ったら、泡を吹いて死んでしまうかもしれない。

それは不味い。非常に不味い。どうにか、穏便に出来ないかと考えたレオルドはシェリアを呼び寄せた。

「シェリア。このお金でルドルフとハンナの三人でお土産でも買ってきてくれ」

「え？　いいんですか？」

「うむ。というよりも、このままだとハンナが死ぬかもしれん。ほら、これから王城にシルヴィア殿下を送り届けねばならんからな。緊張でぶっ倒れるだけならいいが、泡を吹いて死ぬ可能性もある」

「あー、そうですね」

シェリアも何度か王城を訪れているが、今も慣れることはなく緊張で倒れそうな程であった。

田舎者であるハンナが王城、ましてやシルヴィアの存在に耐えられる訳がないとシェリアも分かってしまった。

「分かりました。でも、護衛もいないとなると少し……」

「そうだな。レベッカ殿は殿下の護衛だから無理だが」

今回は護衛がレベッカしかいない。

いつもなら、こっそりと他の騎士が後方に待機しているのだがレオルドという護衛よりも強い存在がいるのとレベッカがついているので他が必要ない。

さて、どうしたものかとレオルドは考え込む。

シェリア達に護衛をつけるべきなのは間違いない。彼女達だけで暴漢に襲われたら、逃げるだけで精一杯だろう。

捕まってしまえば命はないだろうが、王都は治安がいい。

とはいえだ。以前、シェリアはイザベルと買い物の最中にバカな貴族の令息に絡まれた事がある。

その事を踏まえると、護衛はいた方がいいかもしれない。

「う～む……」

「どうかされましたか。レオルド様？」

流石に王城の近くではシルヴィアも腕を組むのは控えており、すぐ傍にいるだけだが、その距離は近かった。

「ああ、いえ、このままハンナを王城に連れて行くわけにはいかないと思いまして」

「ああ……。彼女、下手をしたら失神だけでなくショック死までしてしまいそうですもんね」

「はい。ですから、シェリアにお土産代を渡して、ルドルフを含めた三人で買い物にでも行ってもらおうと考えたのですが、そうすると護衛がいません」

「そうですわね……。今日はレオルド様とお出かけですのでレベッカしか護衛がいません。どうしましょうか？」

「一旦、レベッカ殿に他の騎士を呼んで来てもらうとか出来ないでしょうか？」

「では、そうしましょうか。私達はここで待っていましょう」

シルヴィアはレベッカを呼び寄せて、他の騎士を呼びに行くよう命じた。

残されたレオルド達はレベッカが他の騎士を呼んでくるまで、適当に時間を潰すことにした。

あまり動くとレベッカが来た時に分からないのでレオルド達は近場を散策する。

しばらくしていると、レベッカが別の騎士を連れて戻ってきた。近衛騎士(このえ)ではないが彼女が連れて来たのだから信用できる騎士なのは間違いない。

「お待たせいたしました」

レベッカが連れてきた騎士にシェリア達の護衛を頼み、レオルドはシルヴィアとレベッカの三人で王城へ戻った。


王城へと着いたレオルドは国王のもとへ向かう。ルドルフの事を報告する為だ。

国王はレオルドが来たことを知ると、仕事を一旦止めて、応接室へ移動した。

応接室では国王、宰相、リヒトーの三人にレオルドとシルヴィアを加えた五人が会合する。

許可を得て、ソファに座ったレオルドは早速ルドルフの事について口を開いた。

「陛下。此度、ルドルフを我が配下に加えることをご報告いたします」

「ルドルフ？　もしや、あの爆弾魔か？」

レオルドの報告を聞いて、眉を顰める国王は思わず聞き返した。

「はい。そのルドルフです」

「これは、またなんとも……厄介な奴を見つけて来たな。勘当されていた事は聞いていたが、どこにいたのだ？」

「旧市街地で私財をなげうち、研究を続けていたそうです」

「そうだったのか……。一つ尋ねたい」

「なんなりと」

「お前にルドルフを御しきれるか？」

「無論です」

　その自信はどこから来るのだろうかと問い詰めたいところだが、言い切ってみせたのだから後は任せるべきだ。

　ダメだったらレオルドの評価が落ちるだけ。王家にとっては特にダメージはない。

「よかろう。ならば、見事あの爆弾魔を上手く扱ってみせるのだ」

「は！　お任せを！」

　報告も終わり、レオルドは席を立ち上がる。すると、何故かシルヴィアも一緒に立ち上がり、レオルドは首を傾げてしまう。

（あれ？　なんでシルヴィアも立ってんの？　ていうか、いつまで一緒にいるんだ？）

　先程からずっと傍にいたシルヴィアにようやく疑問を抱き始める。

　はて、彼女は一体いつまで一緒にいるのだろうかと考えているとシルヴィアはレオルドの手を取り、ニッコリと微笑む。

「それではレオルド様。ゼアトへ参りましょうか」

「え？」

　鳩が豆鉄砲を喰ったようにレオルドはキョトンとしていた。

シルヴィアは何と言ったのだろうかと、聞き返そうとしたがそれよりも早くシルヴィアに手を引かれて国王のもとを後にする。

その様子を見ていた国王と宰相、そして護衛のリヒトーはクスクスと笑っていた。

「クックック……。アレはもう陥落寸前だな」

「ですな。いや～、これで我が国も盤石のものとなりますな」

「フフフ、シルヴィアが上手く手綱を握ってくれているようで何よりだ」

この国の将来は安泰であろうと笑い合う国王と宰相であった。

シルヴィアに手を引かれたままのレオルドは困惑しており、状況を上手く飲み込めていなかった。

（はれ～？）

何故、自分はシルヴィアに手を引かれているのだろうかと混乱したまま、彼女と共に城を出た。

城を出た所でレオルドはようやく正気に戻る。先を行くシルヴィアに声を掛けて足を止めた。

「殿下、お待ちを！　今更で申し訳ないのですがどこへ行こうと言うのですか？」

「これは可笑しなことを言いますわね、レオルド様。先程も言いましたがこれからレオルド様と共にゼアトへ赴くつもりですわ」

「ええ!?　もう目的は達成されました。必要な人材は手に入りましたので、殿下までついて来なくてもよろしいと思うのですが……」

「私にも最後まで見届ける権利があると思うのですが、駄目でしょうか？」

「んんん！」

シルヴィアの主張は正しい。彼女は今回も最後までレオルドに同行していたのだから、ルドルフ、ハンナの行く末を知る権利はあるだろう。

彼女の言い分は何も間違ってはいないことを理解しているレオルドは、どうにかならないものかと後ろに控えているレベッカを一瞥(いちべつ)した。

しかし、彼女は護衛であると同時にシルヴィアの味方。レオルドの視線に気がついた彼女は軽く頭を振り、貴方(あなた)の味方は出来ないと伝えた。

致し方なし、とレオルドは大きく息を吐いてシルヴィアに向き直る。

「承知しました。殿下、共にゼアトへ参りましょう」

「はい！」

そもそもレオルドは気がつくべきであった。国王が何も追及してこなかった事に。

まあ、彼は混乱していたので気がつけと言うのも酷な話であろう。

城を出たレオルド達はお土産を購入して、主人(レオルド)の帰りを待っていたシェリア達と合流を果たす。

レベッカが連れてきた護衛の騎士にレオルドが賃金を払い、元の仕事へと帰した。

再び、六人となったレオルド達はゼアトへと戻る為に王都の転移魔法陣のもとへと向かう。

結構な数の利用客が転移魔法陣の設置されている建物の前に並んでいるが、レオルド達はＶＩＰ扱いなので列に並ばず、すぐに魔法陣を利用できる。

転移魔法陣に乗り込んだ六人はゼアトへ転移した。


ゼアトへ戻ってきたレオルドは一度屋敷へ顔を出そうかと考えたが、先にハンナの試験を行った方がいいだろうと判断して、近場の広場に移動を始めた。

しかし、ハンナの一撃特化にレオルドの魔力が追加されるので生半可な場所では甚大な被害が出てしまうのではないかとルドルフに指摘される。

「レオルド閣下。ハンナさんの試験を行うには、不適切かと……」

「……そうだな。場所を変えたほうがいいか」

「出来れば無人の荒野がよろしいかと思います。閣下の魔力とハンナさんの一撃特化で生まれる魔法がどれ程の威力かは想像でしか言えませんが……街一つは滅ぼせるかと思われます」

「流石にそこまではいかないだろう？」

とは言うもののレオルドも少し懸念していた。彼女の一撃特化と自分の膨大な魔力が合わされればどれだけの威力が出るのだろうかと。

流石にルドルフの言う、街一つ滅ぼせるは無理だろうが城壁くらいは簡単に破壊できるだろうとは思っていた。

しばし、考えたレオルドは安全策としてシャルロットに無人島へ連れて行ってもらうことにした。

「一度、屋敷へ戻り、シャルロットに助力を願おう」

安全を考慮したレオルドは一度屋敷へ戻る事に決めたのである。

屋敷へ戻ってきたレオルドはシェリアにシャルロットを呼んでくるように命じた。

「シェリア。悪いがシャルを呼んで来てくれ」

「はい。畏(かしこ)まりました」

テテテとシェリアは小走りでシャルロットの部屋へ向かう。

彼女がシャルロットを連れてくるまでどうしようかと悩みながら、レオルドはお土産を別の使用人に渡した。

「これはシェリアが王都で買ってきた菓子だ。皆(みんな)で食べるといい」

「ありがとうございます。レオルド様！」

「日頃の礼だ。気にするな」

レオルドからお土産を受け取った使用人は頭を下げて、踵を返すとお土産を持って奥へと消えた。

それからしばらく待っていると、シェリアを抱えたシャルロットが姿を現した。

ジタバタとシャルロットの腕の中で暴れているシェリアだが、彼女の力では敵わず、レオルドの前に来た時には力尽きたようにぐったりとしている。

「あ～……ご苦労」

「はい……」

ぬいぐるみのようにシャルロットの腕の中で垂れ下がっているシェリアの覇気の無い返事を聞いたレオルドは苦笑いである。

「私に何か用事があるってシェリアから聞いたけど、何かしら？」

「実は、王都で新しく面白い者達を見つけてきてな。その内の一人はまだ正式にウチで雇う事になっていないんだ。これから、正式な採用試験を行いたいんだが場所がない。そこでお前に頼みたいのは、どこか人気のない無人島への転移だ」

「なるほどね～。そっちにいる……」

シャルロットはレオルドの後ろにいるルドルフとハンナを見つめる。

彼女にジッと品定めするように見られて、平然としているルドルフとおどおどしてどこ

か不安そうにしているハンナ。

「女の子の方かしら？」

「ああ。彼女のスキルは一撃特化。魔力量が少なく、碌な魔法が使えないと本人が言っている」

「へえ～。つまり、貴方と魔力共有をして、どれだけの魔法が撃てるか見てみたいってわけね」

「そうだ。話が早くて助かる」

「いいわ。面白そうだから私もついていくわ！」

「ああ、お前がいないと試験が始められんからな」

　それもそうね、と笑うシャルロットはちらりとシルヴィアへ目を向ける。

「ちなみにシルヴィアもついてくるのかしら？」

「はい。是非、ご一緒させて頂きたいですわ」

「オッケー！　私に任せておきなさい！」

　その豊満な胸を張るシャルロット。彼女は腕の中にシェリアを抱いている事を忘れているのだろうか、ぐったりしている彼女の頭の上にシャルロットの胸がのしかかる。

　頭部に感じる圧倒的なパワーにシェリアは瞠目する。これがシャルロットの戦闘力かと、シェリアは戦慄していた。

次いで、シェリアは自身の胸を揉み、いつかはこうなりたいと頭部に感じる感触を楽しむのであった。


場所は変わってレオルド、シャルロット、シルヴィア、レベッカ、そして緊張に緊張を重ね顔面が真っ白に染まっているハンナの五人が無人島にやってきていた。

その目的はハンナの採用試験である。彼女の持つ一撃特化がどれ程のものなのかをレオルドは確認をする為に無人島へ来ていたのだ。

「さて、ここなら思う存分、魔法が撃てる。早速、始めようか」

いい笑顔でレオルドはハンナへ顔を向ける。その笑顔が心底恐ろしくてハンナはガクガクと震えるが、少し前に言われたことを思い出し、大きく深呼吸をして勇気を振り絞った。

「はい！　よろしくお願いします！」

「その意気だ。すでに魔力共有は行っている。いつでも準備はいいぞ」

「わかりました！」

覚悟は出来た。気合も充分。魔力は膨大。後は自分を信じてくれた人達の為に出来る事をするだけだとハンナは半歩下がり、両手を前に突き出した。

すうっと息を吸い込んで目を閉じ、大きく吐き出したハンナはカッと目を開く。

「行きます！　ファイアボールッ！！」

火属性の初歩の初歩とも言われているファイアボール。彼女が唯一使える魔法で、もっとも慣れ親しんでいる魔法。

だからこそ、ハンナはそれが相応しいと信じて水平線の向こう側に己が持ちうる全力の力で撃った。

「ぬぅッ!?」

魔力共有をしていたレオルドは魔力がごっそりと減るのを感じ、襲い来る脱力感から片膝をついてしまう。

本来であればファイアボールなど大きくても人の頭程度にしかならないものだったが、ハンナが全神経を集中させ、レオルドという魔力タンクをふんだんに使った結果、放たれたのは小さな太陽。

着弾したそれは海を蒸発させ、水しぶきをあげて、思わず耳を塞ぐほどの轟音を響かせた。

凄まじい疲労で肩を大きく上下させているレオルドは目の前の光景に踊り狂いたい程に喜んだ。

「フフフ、ハハハ、ハーッハッハッハ！　まさか、これ程とはな！　見たか、シャル！　海が干上がったぞ！」

眼前に広がっている水平線はハンナの放ったファイアボールによって干上がっていた。

恐ろしいほどの光景に普通なら息を呑むところだが、レオルドはむしろ子供のようにはしゃいでいた。

「見たわ。一撃特化、威力だけなら私よりもあるわね～」

「うむ！　素晴らしい威力だ。とはいえ、魔力が一気になくなるのは、ちとキツイな」

莫大な魔力を有しているレオルドでさえも片膝をついてしまうくらいなのだ。

ファイアボール一発分ほどしか魔力のないハンナは目を回してぶっ倒れていた。

「きゅう……」

「すまん、シャル。彼女を抱き起こしてやってくれ」

「はいはい。ちなみに聞くけど結果は？」

「無論、文句なしの合格だ」

ニヤリと笑みを浮かべるレオルドは魔力不足でふらつく身体を無理矢理立たせると、バランスを崩してしまう。

「レオルド様！」

「で、殿下!?」

咄嗟にレオルドの身体を支えたのはシルヴィアだった。驚くレオルドは彼女から離れようとしたが、とてつもない疲労感に足がすぐには動かなかった。

「も、申し訳ありません。殿下……」

バツが悪そうに眉尻の下がっているレオルドはシルヴィアに支えられたまま頭を下げている。

シルヴィアは別に怒ってはいない。むしろ、レオルドと合法的に密着できたと喜んでいた。

（これはいいですわ！　こんなにもレオルド様と密着できるなんて思いもしませんでした！）

しかし、そう長くは続かない。

彼女の護衛であるレベッカが二人を引き裂いた。

「殿下。レオルド様は私にお任せを」

「あ……」

レオルドは儚げな声を出すシルヴィアの手からレベッカへと移り行く。

レベッカに支えられたレオルドは彼女にお礼を言う。

「感謝する、レベッカ殿」

「いえ、これくらいはお安い御用です」

レオルドをレベッカに奪われてしまい、恨めしそうな目をしているシルヴィア。

レベッカはジト目を向けてきているシルヴィアを一瞥して、彼女からそっと目を逸らした。

　支えられて歩いているレオルドはシャルロットのもとへ向かい、彼女が抱き起こしているハンナへ目を向けた。

　レオルドと同じく、ハンナも魔力が枯渇しており息も絶え絶えで、脂汗を額に滲ませている。

「ハンナ。試験は合格だ。これから、よろしく頼む」

「あ、ありがとうございます！」

　学園を退学になった時は全てを諦めていたが、必死にしがみついておいて良かったとハンナは歓喜の涙を流すのであった。

　ハンナが泣き止むまでレオルドは待ち続け、彼女が泣き止んだ所でシャルロットへ声を掛ける。

「シャル。悪いが頼めるか？」

「はいはい。それじゃ、皆集まって。転移で帰るから離れちゃダメよ～」

　その言葉に従って全員がシャルロットに身を寄せる。別にくっつく必要はないのだが、無人島に残されても困るのでおしくらまんじゅうのように固まった。

「……こんなにくっつく必要ないんだけど？」

「お前が変なことを言うからだろ」

「レオルドだけ置いて行こうかしら？」

「まあまあ、お二人共。いいではありませんか」

シルヴィアにより二人の口喧嘩は仲裁され、シャルロットが転移魔法を発動させた。

ゼアトへ戻ってきたレオルド達は、まず魔力を回復させる。それから、ハンナとルドルフを正式に雇用し、部下達に発表することにした。

「本日より新たに我が部下となったルドルフとハンナだ」

新たな仲間に歓迎の拍手を送る部下達。ルドルフは平然としているがハンナはペコペコと各方面に向かって頭を下げていた。

「ルドルフ、ハンナ。まずは風呂に入って、身を清めろ。着替えはこちらで用意しておく」

「レオルド閣下。一応、予備の服はありますが？」

「それはまだ着られるのか？」

怪訝そうな目でルドルフを見つめるレオルド。

「穴は空いてますがまだまだ着られますよ」

「……悪いが服を用意してやってくれ」

ルドルフの言葉に額を押さえたレオルドは使用人にルドルフとハンナの服を用意させる。

二人が風呂へと案内されて、顔合わせが済んだ部下達は各自持ち場へ戻っていく。

レオルドはシルヴィアの相手をしなければならないのでギルバートを連れて、彼女と応接室へ向かった。

「さて、ようやく落ち着くことが出来ました」

応接室のソファに座ったレオルドが背もたれに体重を預けながらシルヴィアに目を向けている。

「フフ、そうですわね」

「それで殿下……。その何時頃、お帰りになるのでしょうか？」

「もうしばらくしたら帰りますわ。ところで、レオルド様はあのお二人をどのように起用されるので？」

「そうですね。ルドルフはやはり研究職として考えています、魔道具や魔法陣の開発に尽力してもらいたいと思っています」

「なるほど。確かに彼ならばうってつけですね。では、ハンナの方はどうするのです？正直に申し上げますけど、彼女の力は平時にはあまり役に立ちませんわ。それこそ、戦争でも起きない限りは持て余すと思うのですが？」

シルヴィアの言う通り、ハンナの一撃特化は威力こそ素晴らしいが普段であれば必要はない。

ただ飯喰らいにするつもりなのかとシルヴィアは聞いているのだ。

「彼女の事は考えています。普段は給仕として屋敷で働いてもらい、戦時下においては一兵卒として戦ってもらう予定ですよ」

流石にレオルドもシルヴィアの懸念していた事は理解していた。

「そうですか。でしたら、安心ですわ。出来れば彼女の力が振るわれないことを願いたいです」

「用意に越したことはありませんが、殿下の仰る通り、彼女の力を使う日が訪れないことを祈るばかりです」

レオルドはいずれ自分が死ぬ運命にあることを知っている。勿論、それは他の人にも言えることなのだが彼の場合は別だ。

様々な要因で死ぬ。その中には戦争というものがある。

それに備えてレオルドはハンナを雇ったと言ってもいい。彼女の力は間違いなく役に立つ。

浅ましい考えではあるが、レオルドは死にたくないので必死だった。

それからしばらくして、レオルドのもとに身奇麗になったルドルフとハンナが現れる。

「では、殿下。二人を職場まで案内しようと思うので、ご一緒にどうですか？」

「喜んでお供しましょう」

レオルドはシルヴィアと共に二人を引き連れ、職場へと向かった。

ハンナは先程レオルドが言っていたように、普段は給仕として働いてもらう為、屋敷の中を歩き回って仕事を教える。

「ハンナ。お前の力は凄まじいが、戦でも起きない限りは使いどころは少ない」

「え、あ、はい」

「そこでだ。お前には屋敷で勤めてもらう。給仕を任せようと思うので、シェリアに指導してもらうといい」

そう言ってレオルドが案内したのはシェリアのもとであった。彼女は普段、レオルドの傍に控えているのだがそれは執務中のみ。

今はシルヴィアの対応をしているのでシェリアは屋敷の掃除をしている。レオルドは掃除をしている最中のシェリアに声をかけた。

「シェリア。こっちへ来てくれ」

「はい！」

元気良く、返事をすると小走りで近付いて来るシェリア。

「知っていると思うがハンナだ。今日から屋敷に勤めてもらうことにした。シェリアに指導を頼みたいが出来るか？」

「はい！　お任せください！」

「よし。それでは、ハンナをよろしく頼む」

「よ、よろしくお願いします！」

シェリアに頭を下げるハンナを置いてレオルドはその場を離れた。

これから向かう先は誰も使っていない魔法研究所だ。

シャルロットの要望で造ったが、彼女はレオルドの屋敷の空き部屋を改良して使っているので研究所の方は無人の廃墟（はいきょ）と化していた。

「ここだ」

「ほほう。立派な建物ですね～」

レオルドとルドルフが見上げるのは無人の研究所。誰も使ってないのだが、定期的に掃除はされているので中は綺麗（きれい）だった。

「悪いがお前以外、誰もおらん」

「私にとっては好都合です。して、予算の方はいかほどに？」

「まだそこまで計算は出来ていないが、ひとまずはこれくらいでどうだ？」

レオルドが提示した予算を見てルドルフは目を光らせた。

「素晴らしい。流石は転移魔法を復活させたお方だ。予想以上の金額です！」

「なら、問題は無いな。あと、それからここはシャルロットも使うかもしれんから、気をつけろよ」

「はて？　どのようなことにでしょうか？」

「そういえばお前も爆弾魔だったな……」

不思議そうに首を傾げるルドルフを見てレオルドは彼も問題児であった事を思い出して息を吐いた。

「まあいい。何か足りないモノがあればリストにして渡してくれ。こちらで揃えるから」

「畏まりました」

礼儀正しく頭を下げるルドルフであったが、すぐに彼は頭を上げて雇い主であるレオルドに一つ尋ねた。

「ところで、すぐに研究へ移ってもよろしいですかな？」

「やる気充分だな。一向に構わん。この周囲には人も住んでいないから騒音も気にするな。それにここの研究所は俺とシャルが作ったから、どれだけお前が爆破させようとも壊れはしない。遠慮はしなくていいぞ」

「おお、おお！！！　それは素晴らしい事を聞きました！　不肖ながらこのルドルフ！　レオルド閣下の為に全力を尽くしましょう！」

最高の環境であると喜ぶルドルフは片膝をつき、最大限の誠意を示した。

「期待する。まあ、張り切りすぎて死ぬようなことだけは避けろよ」

「は！　承知しました！」

これで二人の配属も決まったのでレオルドは屋敷へ戻る。

再び、応接室に戻ってきたレオルドはシルヴィアとお茶を飲む。

「ふう……」

「お疲れ様です、レオルド様」

「ありがとうございます。退屈ではありませんでしたか？」

「いえ、見ていて楽しかったですわ。ただ、ルドルフが少々不安というか、何かとんでもない事を起こしそうで」

シルヴィアはレオルドとシャルロットの二人だけでも恐ろしいのに、そこへさらなる問題児ルドルフが加わったことが不安で仕方が無かった。

当の本人であるレオルドはシルヴィアが何を不安に思っているのか理解していない。

先程、一緒に見て回っていたのだから自分の説明は聞いているはず。

なら、不安な要素は無いと思うのだが、何を不安に思っているのだろうかとレオルドは首を傾げる。

「不安ですか……。私もシャルロットもいますのでルドルフが暴走しても問題はないと思いますよ？」

（それが一番の不安なのです！　三人が協力してとんでもないものを生み出したらと思うと……ああ、陛下になんてお伝えすれば）

分かっていない、レオルドは何も分かっていないとシルヴィアは内心頭を抱えるのであった。

それから、レオルドはこの後仕事に戻るとのことなのでシルヴィアも邪魔にならないようにとゼアトを後にする。

「それでは、殿下。またお会いしましょう」

「はい。レオルド様もお元気で」

転移魔法で去っていくシルヴィアとレベッカを見送ったレオルドは屋敷へと戻り、新たな仲間を加えてホクホク顔を浮かべたまま書類作業を片付けていくのであった。


翌日、レオルドはシャルロットと共にルドルフのもとへ向かっていた。

ルドルフが寝泊りしている研究所へついた二人は、そのまま中へ入っていく。

二人が奥へと進んでいくと、朝から研究に没頭しているルドルフがいた。

彼は二人に気がつくことなく、一人でブツブツと呟(つぶや)いている。

「ルドルフ。朝から仕事に励んでいるな」

そこへ話しかけるレオルド。不気味な雰囲気を出していたルドルフが顔を向けた。

「おや、レオルド様。おはようございます」

「ああ。おはよう。ところで、お前は俺の呼び方を統一しないのか?」

「外部の人の前では閣下と呼んで、普段は様付けでよろしいかと思ったのですが統一した方がよろしいでしょうか？」

「そういうことか。それならば構わんさ。今は何をしていた？」

気になったレオルドはルドルフが作業していた場所まで行き、興味深そうに覗き込んだ。

一緒になってシャルロットもレオルドの横からルドルフの研究を覗き込む。

「あら、これって……」

「なんだ、シャル。分かるのか？」

「ええ、勿論よ。ルドルフって言ったかしら？　面白い事してるのね～」

「かの高名なシャルロット様にそう言われると嬉しいですね。しかし、上手くいっていないのです」

「それはそうでしょうね。アプローチは悪くないわ。ねえ、私も手伝っていいかしら？」

「おお！　それはこちらとても有り難い話です！　是非ともご教授ください！」

「ようし！　私に任せなさ～い！」

妙にやる気を出しているシャルロットにレオルドは困惑していたが、彼女が力になってくれるのは有り難い。

「よし、それならば俺も少し協力しよう」

「流石はレオルド！　そうこなくちゃね！」

三人寄れば文殊の知恵というが、この三人に至っては変わってくる。混ぜるな、危険だ。

異世界の知識を持つレオルド、世界最強の魔法使いシャルロット、王都一の問題研究者ルドルフ。

この三人が集まれば何を仕出かすかは分からない。しかし、一つだけ言えるのは碌でもないことだけは確かだろう。

「そうだ。ルドルフ、お前は魔道具が作れるか?」

「可能ですよ?　何か作って欲しい物でもあるんですか?」

「ああ。実は作ってもらいたいものがいくつかある」

「何々?　私も交ぜなさいよ～」

「勿論だ。お前にも頼みたいからな」

悪巧みをしているような笑みを浮かべてレオルドは二人に色々と今後についての話を聞かせるのであった。

第二話

✧ 来る、再会の時

月日は流れて冬である。レオルドは特にこれといった大きな問題もなく無事に秋を乗り切っていた。

少し、変わったことと言えばルドルフとハンナの他に新たに文官を雇い入れたことだろう。

そのおかげで、文官達の仕事量も減り心身共に回復出来た。レオルドも脱ブラックが出来て万々歳である。

そんなレオルドは今、自室で運命48の攻略知識が書かれているマル秘ノートを読んでいた。

マル秘ノートには真人の記憶から思い出せるだけの攻略知識を書いている。

新たに思い出したものを追記したりするので、ページ数は最初よりも増えていた。

冬になって思い出したのは、クリスマスや年末年始のイベントがあるということだ。なぜ、中世ヨーロッパにそんなものがあるかは疑問を抱くだろう。

だが、ここについてはすでに制作陣が答えを言ってくれている。

この世界はフィクションだと。

創作の世界であり、史実とは異なるものとなっている。

とても素晴らしい魔法の言葉である。そう言えば全て丸く収まるのだから。

ただ、別に悪いことではない為、深刻な問題ではないだろう。

「むむ……サンタさんか」

一つ困っていたのは新たに作った孤児院の子供達がサンタクロースを信じており、今年のクリスマスプレゼントはどんなものかと期待していることであった。

このことについてジェックスに聞いてみたら、去年まではお菓子をあげていたそうだ。

ただ、今年はレオルドに保護されており、今までのような苦しい生活ではなく裕福な生活になっている。

だから、自然と子供達も今年のクリスマスプレゼントには期待しているらしい。

自室で一人悩んでいたレオルドはいい案が思い浮かばず、誰かに相談することに決めた。

早速、レオルドは自室を出ていき、向かった先はギルバートのところだ。

ギルバートは執事として仕事をしており、使用人達と行動をしていた。

屋敷の中を歩き回り、ギルバートを見つけたレオルドは近寄り相談をする。

「ギル。今いいか?」

「何でしょうか?」

「実は孤児院の子供達にクリスマスプレゼントをやろうと思っているのだが、何がいいかと思ってな」

「坊ちゃまがそこまですることはないのでは？　ジェックス殿とカレンには給金を出しているのですから、彼らが用意すると思いますよ」

「む……言われてみればそうだが……」

実際、ギルバートの言う通り、ジェックスとカレンは貰っている給金を使ってすでに子供達にプレゼントを用意している。だから、レオルドの出る幕はないのだ。

別にレオルドは子供達に好かれようと思っているわけではない。ただ、サンタクロースの存在を信じている純真無垢な子供達の気持ちに応えたいと思っただけだ。

そういうことであれば、自分の出る幕はないとレオルドは仕事に戻ろうとしたが、そこであることを思い出した。

（しまった！　そういえば、殿下にプレゼントをする約束してたんだ！）

秋頃にレオルドは王都でルドルフ達と出会った時、ついシャルロットの悪口を口走ってしまい、シルヴィアに脅されてしまった。

その口封じと言うか、賄賂と呼べばいいかは分からないが、彼女から何かプレゼントが欲しいと言われたので約束をしていた。

それを思い出したレオルドは急遽シルヴィアにクリスマスプレゼントを贈ることに決めたのである。

（そうと決まれば早速行動せねば！　シルヴィアは王族。それ相応のものを贈らないと何されるか分かったもんじゃない！）

そのようなことはないのだがレオルドは彼女の本心を知らないので思いっ切り勘違いをしていた。

（しかし、王族の女性に何を贈ればいいか分からん……）

今まで女性への贈り物をしてこなかったレオルドはシルヴィアに何を贈れば喜ばれるのか分からなかった。

一応、前世もとい真人の時は彼女にアクセサリーなどを贈った事はある。だが、その時の経験が役に立つかと言われたら別だ。

この世界というより王族であるシルヴィアに安物など贈れば不敬もいいところだろう。ならば、レオルドは自身が考えられる限りの最高の物を贈ることに決めた。

そうと決まれば、まずは相談である。こういう時は女性の意見が最適だろうとレオルドはシェリアのもとへ向かった。

「シェリア。今少しいいか？」

洗濯物を干していたシェリアのもとにレオルドは訪れ、仕事中の彼女へ声を掛けた。

「はい。なんですか？」

「実はシルヴィア殿下に何かプレゼントを贈ろうと思うのだが、こういう時、女性は何に喜ぶと思う？」

「え!?　レオルド様、もしかしてシルヴィア殿下のことが好きなんですか!?」

「いや、そういう意味じゃない。以前に約束していてな」

「ああ、そういう事ですか……。う～ん、そういう事でしたら私は役に立てません。シルヴィア殿下は王女様なので私じゃ王族の方が貰って喜ぶようなものは分かりません」

「そうか……」

シェリアは公爵家に勤めていたとはいえ、その価値観は庶民に近い。レオルドの相談にはのれないと申し訳なさそうに頭を下げている。

「すまなかったな。仕事を邪魔してしまって」

「いえ、大丈夫です。それよりも力になれなくて申し訳ありません」

「気にするな。他の誰かに聞いてみるさ」

「あ、それでしたらレイラ様とかいいんじゃないでしょうか？」

シェリアの口から出てきたのは妹のレイラの名前。何故、彼女の名前が出てきたのだろうかと首を傾げているとシェリアが説明してくれた。

「えっと、レイラ様はシルヴィア殿下と同い年ですし、王都に住んでますから女性の流行なども詳しいかと思いますので相談相手にはピッタリかと思います。それに他の女性に聞いたものよりも妹君であるレイラ様に聞いたものの方がシルヴィア殿下も悪い気はしないかと……」

確かにシェリアの言う通りだろう。意中の相手からプレゼントを貰っても、それが他の女性からのアドバイスであったなら複雑な気持ちを抱いてしまう。

だが、その相談相手が妹であるのなら少しは許せるだろう。少なくとも身内の女性である為だからだ。

とはいえ、やはりシルヴィアとしてはレオルドが一人で考え、悩んだ末に選んでくれた方が心証はいいに違いない。

「そういうものか……」

この後、レオルドはシルヴィアの事を最も熟知しているであろうイザベルにも相談しようと考えていたのだが、シェリアの言葉を素直に受け入れて従う事にした。

「わかった。そうしよう」

「すいません、生意気なこと言って……」

「そんなことはない。貴重な意見だ。これからもよろしく頼むぞ、シェリア」

「は、はい！」

レオルドはシェリアの助言通りにレイラのもとへ向かう事にした。

王都の実家に行かなければならないので護衛兼付き人として今回はギルバートを連れて、レオルドは実家のハーヴェスト公爵家へ向かう。

転移魔法で移動したレオルドは実家へ戻ってきた。早速、実家の門を潜り、レイラのもとへと向かうレオルド。

突然の訪問に一同大騒ぎである。この時代、この世界には携帯電話というものがない為、事前に連絡は出来ないのだ。

転移魔法のおかげで移動こそ瞬時に行えるようになったが、不便な所はまだまだ沢山あるのだ。

「いや、すまない。ちょっと、急用で」

「そこまで急を要する用事とはなんだ？」

額を押さえて険しい顔をしているベルーガが目の前で縮こまっているレオルドを問い質す。

「実は……シルヴィア殿下に贈り物をしようと考えておりまして」

「何！　それはお前、そういうことなのか？」

「いえ、そこまで大層な事ではありません。以前に約束していましたので」

「なんだ、そういうことか……。しかし、それで何故ここに来たのだ？」

「レイラに相談をと思いまして。あの子なら王都の流行りや女性へのプレゼントに詳しいかと思って」

「ああ、なるほど。確かにあの子なら適任だろうな。わかった。好きにするといい」

「はい。ありがとうございます」

ベルーガから解放されたレオルドはレイラのもとへ向かい、彼女の助力を仰ぐことにした。

「え？　シルヴィア殿下にプレゼント？　レオ兄さんが？」

突然やってきたレオルドから相談を受けたレイラは衝撃を受けている。

「ああ。以前約束をしていてな。もうすぐクリスマスだろう？　丁度いいと思ってな。そこで相談なんだが何を贈ればいいと思う？」

「う～ん……。アクセサリー類なんかはいいと思うんだけど……シルヴィア殿下は貰いなれてると思うんだよね」

「ああ、そうか。言われてみれば確かに殿下は沢山貰ってそうだな」

「うん。ていうか、シルヴィア殿下は貰いものは沢山あるから何を贈っても驚くことはないかも」

「む……。それは困ったな」

レイラの言う通り、シルヴィアは王族の人間であるゆえに貢物を貰っている。その中にはドレスやアクセサリーといったものは当然ある。

レオルドが想定しているほとんどのものはすでに彼女は沢山受け取っているのだ。

しかし、重要なのは物ではない。レオルドの意思である。

「レオ兄さん。難しく考えなくていいの。レオ兄さんがシルヴィア殿下の為を思って選んだものなら絶対喜んでくれるわ」

「何故そんなことが分かる？」

「女の勘ね！　そもそも以前約束していたってことはレオ兄さんからプレゼントを貰いたいってことでしょ。それなら、絶対殿下はレオ兄さんが自分で選んだものを喜ぶはずよ!!」

「そ、そうか……。自信はないが帰って検討しよう」

「それがいいわ。あ、それとレオ兄さん！　私にもクリスマスプレゼント頂戴ね！」

「ふ、ちゃっかりしてるな。分かった。楽しみにしておけ」

「ありがと！」

　という訳でレオルドはゼアトへ戻り、シルヴィアへのプレゼントは何がいいのかと頭を悩ませることに。

（うむむ……！　転移魔法の時みたいに古代遺跡から国宝級のアクセサリーでも発掘してくるか？）

　悪くはない手なのだがそこまでするとかえってやり過ぎであろう。勿論（もちろん）、シルヴィアは喜ぶだろうが苦笑いは間違いない。

（しかし、そこまでするとなんか遠慮されそうだな……）

流石に気がついたのかレオルドはその案を却下し、再び頭を悩ませることにした。

しばらく考えたレオルドは無難にアクセサリーを贈ることに決めた。ただし、材料である宝石は自ら探しに行くことに。

「ただの宝石ではつまらんだろう。国内に存在する最高の宝石を用意するか」

古代遺跡から国宝級のアクセサリーを発掘するのはやめたが、それでも王族のシルヴィアに相応しいものを用意するのだとレオルドは意気込んでいる。

レオルドはすぐにしばらく外出することを部下達に伝えて宝石を探しに行くことにした。


お供はバルバロト、ギルバート、イザベルという懐かしのメンバーである。今回は宝石探しという事なので前回ほど危険はない。

「レオルド様。今回はどちらに？」

馬に跨っているバルバロトがレオルドへ質問をする。

「秘密だ、と言いたいところだが南へ向かう」

「そこにレオルド様の欲しいものがあるのですか？」

「可能性としてはな……」

知識では知っていても実際にそこにあるかは行って見ないことには分からない。

ただ、転移魔法の時はゲームと同じ場所にあったのでその可能性は高いだろう。

何事もなければ、レオルドは目的の宝石を手に入れることができる。

「何事もなければいいのだが……」

レオルドの心配は杞憂に終わった。

目的地の鉱山に辿り着いたレオルドは旧坑道を歩き、目的の宝石を手に入れることが出来たのだ。

呆気ないものであったが、何事もなく無事に宝石を手に入れることが出来たのでレオルドは大満足である。

後は王都の加工職人に渡して、シルヴィアへの贈り物を作ってもらうだけである。


クリスマス当日、レオルドは王都へやってきていた。

目的は勿論、シルヴィアへプレゼントを渡す為である。

果たして喜んでもらえるかどうか、緊張と不安で吐いてしまいそうなレオルド。

付き人として今回はイザベルが同行している。

彼女は情けない姿を見せている主に活を入れた。

「レオルド様。しゃきっとしてください。この程度のことで怯えないでください」

「いや、そうは言うが今回はいつものような訪問ではないんだぞ」

「グダグダ言ってないで覚悟を決めてください。大体、プレゼントを贈るだけなのに、そこまで緊張しなくてもいいでしょう」

「う、む……。そうなんだが」

煮え切らない態度のレオルドに痺れを切らしたイザベルは深く溜息を吐いた。

「はあ……。でしたら、私が渡してきます」

「そ、それは流石にダメだろう」

「でしたら、自分で渡してください。このまま、ここでウダウダとしているなら私がサクッと終わらせます」

「お、おう……。分かった」

気合を入れるようにレオルドは自身の頬を叩くと王城を見上げた。

「よし、行こう」

「最初からそうしてください」

「それはすまん……。お前には迷惑をかけるな」

不甲斐ないとレオルドはイザベルに一言謝って、ようやく王城へ足を踏み入れた。

事前に訪問することを伝えていたので、レオルドはすぐにシルヴィアのもとへ向かった。

真っすぐにいつもより少し早足気味でレオルドはシルヴィアが待っている部屋に着いた。

扉の前に立つレオルドはゴクリと喉を鳴らし、緊張に汗を流したが後はプレゼントを渡すだけだと意気込んで扉を軽く叩いた。

「はい。どちら様でしょうか？」

部屋の中から侍女の声が聞こえる。レオルドは返事をして来たことを伝える。

「レオルド・ハーヴェストです。本日はシルヴィア殿下に御用があって参りました」

「畏まりました。すぐにお開けします」

ガチャリと扉が開き、侍女が「中へどうぞ」と通してくれた。

レオルドは部屋の中へ入り、シルヴィアの姿を確認すると頭を下げて挨拶をした。

「ご機嫌麗しゅうございます、シルヴィア殿下。本日は私の為にお時間をいただき、誠にありがとうございます」

「ふふ、レオルド様の為でしたら、いくらでも構いませんわ」

お茶目な事を言うシルヴィアにレオルドは曖昧な笑みを浮かべた。

「ハハハ、それは光栄なことです」

「冗談ではありませんよ？」

コテンと可愛らしく首を傾けるシルヴィアにレオルドは押され気味である。

（クッソ！　可愛いな～！　これで性格が……。いや、最近あんまり嫌がらせは受けてないな？　なんでだ？）

レオルド陥落の日も近い。シルヴィアの作戦は見事に嵌っており、徐々にレオルドを蝕んでいた。

「そ、そうですか。それは大変嬉しい事ですね」

「本当にそう思っていますか？」

「ええ、本当ですとも」

非常に厄介な反面、王族のシルヴィアが自分の為に時間をあけてくれるのはとても有り難い事である。

「ウフフフ、そういう事にしておきます。それで本日はどのようなご用件で？」

「ああ、そうでした。以前、約束をしていた贈り物の件についてです」

「まあ！　覚えていてくれたのですね。私はてっきり忘れられたものだと思っていました」

シルヴィアは可愛らしく微笑んでいるがレオルドから見れば恐ろしく見えていた。

本当に忘れていたら、一体どのような目に遭っていただろうかと震えていた。

「殿下とのお約束を忘れるわけないじゃないですか～」

思い出した自分グッジョブとレオルドは内心で自分を褒めている。

「それで、まあ、今日はクリスマスという事なので丁度いいかと思いまして」

レオルドはイザベルに持たせていたプレゼントを受け取り、シルヴィアにプレゼントが入った箱を見せた。

「殿下が気に入るかは分かりませんが、私が厳選したものにございます」

箱の中身はイヤリングである。レオルドが取って来た宝石がつけられており、職人によって美しく加工された珠玉の逸品だ。

その美しさにシルヴィアは思わず口を閉じてしまい、静かにレオルドが持ってきたイヤリングを見つめていた。

「レオルド様」

「はい。なんでしょうか?」

「こちらの宝石は何でしょうか? 私も王族の端くれ。多くの宝石は見てきましたが、これは見たことがありません」

「ルナリア・フォルトゥーナと言います」

「ルナリア・フォルトゥーナ? 聞いたことがありません。一体どのような宝石なのです?」

「あ~、私も古い文献で読んだだけなのですが……月明かりの幸運という宝石です。詳しくは私も分かりませんが長い間、月明かりに照らされ、月光を溜め込んだダイヤモンドらしく見つけたものには幸運が訪れると言われており、その名がつけられたそうです」

「それはなんともロマンティックな話ですね」

レオルド自ら探しに行ったのかとシルヴィアは聞きたいが、それは無粋であろうと心の中に留めた。

（これをレオルド様が私の為に探しに行ってくれたのだとしたら……そう思うと幸せで胸が温かくなりますわ）

シルヴィアはレオルドからのプレゼントを丁寧に、それはもう大切そうに受け取り、胸の中に抱きしめた。

その様子を見ていたレオルドは気に入ってもらえたようで良かったと安堵の息を吐いている。

「どうでしょうか？　似合っていますか？」

早速、イヤリングを身に着けるシルヴィアはレオルドに感想を求めた。

「ええ、大変お似合いです」

「フフ、素敵なプレゼントありがとうございます。レオルド様」

「いえ、気に入っていただけたようで何よりです」

「あら、でしたら私が気に入らないと申していたなら、どうしていたのでしょうか？」

「えッ……！　そ、そうですね。謝るしかないかと」

プレゼントは一つしか用意していない。それが気に入らないとなれば困ってしまう。

新しく用意するのにも時間がかかる。何よりも今回用意したもの以上のものは滅多にあるものではない。

それこそ、古代遺跡から国宝級のアーティファクトでも発掘しなければならないだろう。無論、レオルドならばゲームの知識を活用すれば用意することは可能だが、時間がかかるのは一緒である。

「少し意地悪な質問でした。レオルド様、ご心配なさらなくとも結構です」

「肝が冷えましたよ……」

嫌な汗をかいたとレオルドはパタパタと手で自身を煽った。

「では、私はこれで失礼します」

「もう行かれるのですか？　もう少し、いて頂いてもよろしいのですよ？」

「申し訳ございません。他にも行くところがありますので」

「そういう事でしたら、分かりました。途中まで送りましょう」

折角の善意だとレオルドは断ることなくシルヴィアと共に王城の門まで歩いていく。

「では、殿下。本日は貴重なお時間を頂きありがとうございました」

「いえ、こちらこそ素敵なプレゼントありがとうございます。また近いうちにお会いしましょうね」

ニコッと可憐に微笑むシルヴィアにレオルドは魅了されるが、すぐに正気を取り戻し返事をする。

「はい。またお会いしましょう」

　手を振ってレオルドはシルヴィアから離れていき、王城を後にする。プレゼントを渡し終えたレオルドは帰り道でひと息吐いた。

「ふう……。なんもなくて良かった～～～」

「さて、どうでしょうか？」

　不穏な発言をするイザベルにレオルドは首が取れるのではないかと言うくらいの速度で振り向いた。

「なんだ!?　それはどういう意味だ！」

「秘密です」

「な!?　主人としての命令だ！　教えろ！」

「申し訳ありません。それでもダメです」

　いくら主人の命令とはいえ、乙女の恋心を暴露するわけにはいかない。イザベルは妹同然のシルヴィアを裏切るようなことはしない。

「ぐぬぬ……。じゃあ、一つだけ教えろ」

「何でしょうか？」

「俺にとって悪い事か？」

「いいえ。そんなことはありません。ですから、どうかご安心を」

「そうか。ならいい」

　悪い事ではないというのなら、これ以上追及することもないだろうとレオルドは深く考えるのをやめた。

「実家にいるレイラにクリスマスプレゼントを渡して俺達も帰るとするか」

「喜ばれるといいですね」

「殿下のとは違うが、これも貴重品だからな。喜んでくれればいいが……」

　不安げなレオルドはイザベルを連れて実家へ向かうのであった。

　ちなみにレオルドの不安は杞憂に終わった。よほど奇抜なものでもない限り、兄からのプレゼントならレイラは嬉しかったのである。


　ゼアトでいつものように仕事に励んでいたら、ギルバートから実家に帰省するのはどうかと提案される。

「坊ちゃまも実家に帰られたほうがいいのでは？」

「ん？　なんでだ？　定期的に顔を出しているから、特に問題はないはずだぞ。なんならクリスマスの時にも顔を出したぞ」

「それはそうですが、すぐにお帰りになっていますから奥様が寂しがってますよ」

「……まあ、滞在はしていないからな。いても一時間くらいか？」

「そうです。ですから、この際、年末年始はご実家で過ごすのはどうかと」

「ううむ……。しかしだな」

「坊ちゃまは働き詰めなのでここら辺でお休みになるのがいいでしょう」

「いや、それは……」

渋るレオルドを見てギルバートは嬉しくもあり、少々悲しくもあった。領民の事を思い、休まず働くのは素晴らしいことだ。

しかし、そのせいで自身の事が疎（おろそ）かになってしまうのはいただけない。

かつては、傲慢で他者を見下すばかりのレオルドが立派に成長した姿を見てギルバートは顔に出すことはしなかったが、内心で微笑んでいた。

「領地のことをお考えならご心配ないでしょう。坊ちゃまが新たに雇い入れた文官達も頑張っていますので、坊ちゃまが少しくらい休んでも彼らは文句を言いませんよ？」

「そ、そうか？」

現代日本では繁忙期に上司が休むと大体悪口を言われている事が多かった。レオルドに宿る真人（まこと）の記憶でもそのような感じである。

だから、レオルドは心配なのだ。自分が休んで業務に支障をきたしたら、文句を言われてしまうのではないかと。

これについては心配ない。そもそも、ゼアトの領主であり支配者でもあるレオルドに文句を言うことは死を意味する。

レオルドが親しみやすい為勘違いされがちだが、本来ならその場で斬り殺されてもおかしくはない。

恐るべき階級社会。本人は忘れているが、レオルドは伯爵なので多少の理不尽を押し付けることは可能なのだ。

ただ、レオルドには真人の人格と記憶が混ざっているので、日本人らしき部分がある。なので、一人だけ休むのはいかがなものかと心配なのだ。

「坊ちゃま。年末年始はご家族と過ごせるように調整すればいいではありませんか」

「そうだな……そうするか。よし、気合を入れて働くとしようか」

年末年始に家族と過ごす為にレオルドは気合を入れる。ハードスケジュールではあるが、レオルドは頑張って終わらせようと意気込むのであった。

年が明けてレオルドは王都にある実家の公爵邸に帰っていた。

久方ぶりにゆっくりと過ごしているレオルドはベッドの上でゴロゴロとしている。

（あ～、寝正月になりそう～）

忙しい業務から離れたレオルドは気が抜けており、自堕落になっていた。それも仕方がないことだろう。なにせ、レオルドはゼアトにいた時はほとんど休む暇もなく働いていたのだから。

（そろそろ起きるか～）

起きようと思っている割にはベッドから起き上がろうとしない。ずっと、ゴロゴロとしているだけで起き上がる気配はない。

そこへ使用人がやってくる。使用人は部屋の扉をノックしてレオルドが起きていることを確かめる。ノックを聞いたレオルドは重たい身体を起こして返事をした。

「起きている。もう朝食か？」

「はい。すでにお食事のご用意は出来ております」

「わかった。すぐ行く」

朝食が出来ているというのでレオルドはすぐに寝間着から着替える。普段着になったレオルドは部屋の外で待機していた使用人を連れて食堂へと向かう。

食堂に行くと、家族が集まっておりレオルドの到着を待っていた。姿を見せたレオルドに家族は微笑んで挨拶をする。

「起きたか、レオルド。少し、たるんでるのではないか？」

「ふふ。まあ、いいじゃないですか。レオルドは去年すごく頑張っていたのですから」

実家に帰ってきてから自堕落な生活をしているレオルドを窘めるベルーガにゼアトでの頑張りを知っているオリビアが庇う。

「む、そうかもしれんがこういう時こそ気を引き締めるものだぞ」

「レオルドがどれだけ頑張っているかは知っているでしょう？　今くらいはいいではありませんか」

「まあ、確かに報告は聞いている。でも、流石に年末年始ずっとはどうかと思うのだが？」

「いいじゃないですか。たまには休むのも仕事ですよ」

「はいはい。二人共そこまでにしてください。父上の言いたいことも分かります。ですが、母上の言うように私は休む為に帰ってきたんです。だから、大目に見ていただけるとありがたいです」

レオルドが話し合っている二人の間に割り込み、席へつくと家族が揃ったので食事となる。朝食を取りながら、レオルドは家族に一日の予定を尋ねる。

「今日は何か予定があるのですか？」

「いや、私は特にない」

「なんだ。父上も私と変わらないじゃないですか」

「………………そうだな」

「おやおや〜？　先程までの威勢はどこへ行きましたかな〜？」

「ふふ。いい機会だ。レオルド、お前には父親の威厳を見せつけなければならないな」

「ほほう。いいですね。食後の運動にはちょうどいいですよ」

挑発するレオルドにまんまと乗っかるベルーガは互いに睨み合い火花を散らせている。

しかし、そこへ手を叩く音が聞こえる。

睨み合っていた二人が音の聞こえた方に振り向くと、そこにはニコニコと微笑んでいるが明らかに怒っている雰囲気のオリビアがいた。

「うふふ。仲がいいのは喜ばしいことだけど、新年早々何をするつもりなのかしら～？」

顔を真っ青にする二人は互いに視線を逸らす。こういう時のオリビアは非常に強い。

物理的にというわけではない。女性に口で勝てる男性は少ないのだ。

とにかく、謝るしかない二人はお互いに今だけは手を取り合って母親の機嫌を取り戻そうと協力する事にしたのである。

「い、いや～、ただの冗談なんだ。なあ、レオルド」

「ええ。そうですよ。母上。これは親子のスキンシップというものです」

上手に笑えない二人は冷や汗を流す。お互いに嘘を言うのが下手くそだった。

当然、オリビアに通じるはずもなく二人は叱られることになる。

「はあ……。全くこういうときだけは息ピッタリなんだから……」

少々、納得していないがオリビアは怒りを収めるように額を押さえた。それを見た二人はホッと息を吐いて、額にかいた冷や汗を拭うのだった。

その様子を見ていたオリビア、レグルス、レイラは我慢できなかったのか食事中にも拘(かか)わらず大笑いをした。

なんで笑っているのかは分からなかった二人だが、三人が笑っているのを見て一緒に笑った。

楽しい朝食を済ませたレオルドは庭に出て、一人鍛錬を行っていた。

いつもなら、ギルバートやバルバロトがいるのだが、今回レオルドは一人で転移魔法を用いて帰省したのだ。

仮にも伯爵という身分なのだから護衛をつけるべきだろうが、レオルドは護衛よりも強いので必要がないのだ。

では、お世話をする使用人はと思うがレオルドは基本一人で身の回りのことをするので必要がない。だから、一人で帰ってきたのだ。

「兄さん。久しぶりに手合わせをしてもらいたいんですが、いいですか？」

一人木剣を振っていたレオルドのもとに弟のレグルスがやってくる。その手にはレオルドと同じように木剣が握られていた。

「ああ、いいぞ。どれだけ成長したか見てやろう」

「お手柔らかにお願いします」

「では、行くぞ！」

久しぶりに兄弟はぶつかり合う。互いの力を示すように。カンカンッという音が公爵邸に鳴り渡り、二人が共に鍛錬を行っていることを知らしめた。


「ふむ。今日はこれくらいにしておくか」

「ハア……ハア……あ、ありがとうございます」

「腕を上げたな、レグルス。今日は何度か腕が痺れたぞ」

笑っているレオルドを見てレグルスは少々嫉妬してしまう。

（届かないな～。いつか、兄さんに勝てる日が来るのだろうか……）

二人の鍛錬が終わったのを見計らってレイラが庭に顔を出した。

疲れ果てて地面に寝転がっているレグルスとまだまだ余裕そうに立っているレオルドを見つけたレイラは二人に駆け寄る。

「レオ兄さん！」

「ん？　どうした、レイラ？」

「もう鍛錬は終わったのかしら？」

「ああ。これから、風呂に入って汗を流すところだが何か俺に用事があるのか？」

「ええ。と言っても今日ではないの。明日ね、シルヴィア殿下が家に来るの」

「…………………え？」

「明日、家でお茶会を開く予定なの。だから、レオ兄さんも参加してね！」

ニッコリと笑うレイラから特大級の爆弾発言を貰ったレオルドは思考が追いつかなかった。

レイラは一体何を言っているのだろうかと、何度も瞬きを繰り返すレオルドであった。


翌日、レオルドは朝早くに目を覚ましており、鍛錬を行っていた。今日、久しぶりにシルヴィアに会う事になるレオルドはほんの少し緊張していた。

（む〜……まさか、お茶会に来るとは。まあ、レイラと殿下は同い年だし、身分だと近いからな。不思議ではないけど……接点なんかあったか？）

木剣を振るいながらレオルドは考える。レイラとシルヴィアの接点について。運命48では大した接点がない二人だ。

レオルドが知らないだけで二人は多少の接点があるのだ。

まずは、同い年の同性としてシルヴィアの誕生日パーティなどにレイラは参加している。

レオルドも何度か参加はしているが、金色の豚時代には招待状が来ず不参加になっている。

その間、レイラは何度かシルヴィアとは顔を合わせているのだ。

そして、今はレオルドの為にシルヴィアと手紙をやり取りしていた。主にレオルドの近況報告ではあるが、シルヴィアにとってはありがたい情報源になっている。

なにせ、レオルドの帝国や聖教国と繋がっているという疑いは完全に晴れており、監視がなくなり情報が入ってこなくなっていたのだ。

シルヴィアが送り込んだイザベルがいるではないかと思うのだが、疑いが完全に晴れたのでその任は解かれている。

おかげでレオルドのことは噂程度しか知らなかったのだが、レイラのおかげで詳しい事情まで知っている。

そのようなことになっているとは知らず、今日はシルヴィアがお茶会に来るということなのでレオルドは鍛錬でかいた汗を流す為に浴場へと向かった。

汗を流し終えるとレオルドは休息の為に自室へと戻った。

しばらくベッドで横になっていると使用人がやってくる。

どうやら、朝食の準備が出来たようだ。レオルドはベッドから起き上がり、部屋を出て使用人と共に食堂へと向かう。

昨日と同じように家族と朝食を取り終えると、レオルドはレイラに連れられてお茶会をするテラスに行く。まだ準備中の為使用人が机や椅子を用意している。

「ここでするのか？」

「どこですると思っていたの？」

「いや、そういうことじゃないんだが……殿下はいつ頃来るんだ？」

何気ない質問だった。そう、何気ない質問である。レオルドからすればだが。

レイラからすれば、まるでレオルドがシルヴィアに会いたくて仕方がないように見えた。

「レオ兄さん、そんなに殿下にお会いしたいの？」

「は？　なんでそうなるんだ？」

「え？　だって、レオ兄さんが殿下について聞いてくるから、そうなんじゃないかって……」

「いや、ただ単に殿下がいつ来るか聞いただけだろう？　俺はそれまで時間をつぶそうと思ったんだが？」

「あ、そうなんだ……殿下はお昼を過ぎたら来る予定だから、まだ時間はあるわ」

「そうか。なら、俺はそれまで自室で勉強でもしていよう。頃合いになったら呼んでくれ」

そう言ってレオルドはレイラと別れて自室へ戻ろうとしたら、レイラに呼び止められる。

「待って、レオ兄さん。その、お邪魔でなければ私も一緒に勉強をしたいのだけど……ダメ？」

「別にいいぞ？　しかし、珍しいな。お前が勉強をしたいだなんて」

「だって、私も今年から学園に通う事になるから勉強はしておくべきでしょう？」

（そ、そうだった……！　レイラとレグルスが学園に入学するんだった！）

運命48では主人公達（ジークフリートたち）が三年生に進級し、レイラとレグルスを含めた新入生が学園に入ってくる。その中にはシルヴィアもいる。

もちろん、ヒロインもいる。その内の一人がレオルドの妹レイラである。

そして、シルヴィアは王女であり騒がれるが、ヒロインにはならない。

レオルドとしては微妙なところだろう。折角、レイラと仲直りしたというのに主人公の毒牙にかかってしまうなんて、あまりにも悲しい。

とはいえだ。ここはゲームじゃない。レイラが将来誰と結ばれるかは分からないのだ。

レオルドの心配は無用なものであるが、ジークフリートと結ばれる確率はゼロではないという事だけは忘れない方がいいだろう。

「どうかしたの、レオ兄さん？」

心配そうに見てくるレイラを見てレオルドはどうしたものかと頭を悩ませる。

レイラには幸せになってほしいと思っているレオルドはジークフリートについて注意をさせるべきかどうかかと迷う。

だが、やはり恋とは本人の意思が重要だ。ならば、レオルドは口出しするべきではない。

レオルドは何も言わずにレイラの頭に手を置いて笑った。

「ふ、なんでもない。俺が勉強をみてやろう」

「え、なに!?　急にどうしたの、レオ兄さん？」

「む、すまん。頭に手を置くのはダメだったな」

「そ、それは別にいいのだけど……でも、急にどうしたの？」

「なんでもないさ。それより、勉強だろう？　さあ、行くぞ」

「あ、待って、レオ兄さん！」

テラスから出ていくレオルドを慌てて追いかけるレイラ。二人はシルヴィアが来るまでの時間を勉強に費やすことにした。

「レオ兄さん。ここはどう解けばいいの？」

「ん？　ああ。ここはこうしてだな――」

二人揃って勉強する仲の良い兄妹の時間が過ぎていく。

勉強会も終わり、昼食を取り終えた二人はテラスに向かう。

テラスには使用人が用意した机や椅子が並べられており、後は招待客の登場を待つだけである。

「ところで今日は殿下以外に誰か参加するのか？」

「そんな大規模なものじゃないから、私と母様とレオ兄さんだけよ」

「男が俺だけだと……？　レグルスはどうした？」

「兄さんは参加しないって。折角、誘ってあげたのに」

（レグルスめ、逃げやがったな！）

　レグルスが逃げ出すのも無理はない。参加者が母親に妹、そして王女だ。もうそれを聞いただけでも嫌な予感しかしない。

　だからこそ、レグルスは参加を拒否したのだ。レグルスの気持ちがわかるレオルドは自分も逃げ出したいと考えたが、もう遅い。

「そうか……俺も用事を思い――」

「なにか言いましたか？」

　逃げ出そうとするレオルドにレイラは母親譲りの笑みを浮かべる。それを見たレオルドは何も言えずに、ただ黙って従うのみであった。

　それから、しばらくしてシルヴィアが到着したという一報が二人に届けられる。二人は玄関まで迎えに行き、シルヴィアと対面する。

「ようこそ、シルヴィア殿下。本日はお越し下さり、ありがとうございます」

「はい。今日はお招きいただきありがとうございます」

　レイラの挨拶にシルヴィアが返す。その横でレイラと一緒にお辞儀をしていたレオルドに、シルヴィアは視線を移して挨拶をする。

「それから、レオルド様。お久しぶりですね」

「お久しぶりです。殿下。お元気そうで何よりです」

「ふふ、はい。レオルド様もお元気そうで何よりですわ」

玄関でのやり取りを終えて二人はシルヴィアをテラスへと連れて行く。テラスには使用人が待機しており、三人が席についてお茶会は始まりとなる。

「そう言えば、オリビア様は？　今日のお茶会に参加されるのでは？」

「母様は後ほど来る予定ですので、先に始めていても大丈夫です」

「そうですか？」

「はい。ですから、始めちゃいましょう」

レイラの言葉を聞いて使用人が紅茶を淹れる。紅茶を淹れ終わると同時に別の使用人がお菓子を運んできた。

机の上に並べられたお菓子をつまみながら、楽しいお喋りの時間だ。

女同士の会話が始まり、レオルドは蚊帳の外である。これならば、自分はいなくてもいいのではと思っているとレイラが話を振ってくる。

「ねえ、レオ兄さんは学園に戻ろうとは考えていないの？」

「そうだな……やはり、決闘で負けたからな。決められたことは守らねばなるまい」

「ですが、今のレオルド様なら覆すことは可能ですよ？　それだけの功績を挙げているのですから」

「まあ、そうかもしれませんが私はゼアトでの仕事が楽しいので、戻ってこいと言われても戻らないでしょうね」

「ええ～、もしレオ兄さんが学園に戻ってきたら殿下と先輩後輩の関係になれたのに」

「ふふ、そうですね。レオルド先輩とお呼びしていたかもしれませんわね。もしくは、親しみを込めてレオ先輩でしょうか」

「ははっ。それは呼ばれてみたいものですね。ですが、私は後輩に振り回される先輩になってしまいそうです」

「まあ。私がレオルド様を振り回すとおっしゃっているのですか？」

「そういう訳ではないですよ。はっはっはっは」

「むぅ～、明らかにそういう意味で言ってますよね！」

（え～、凄く仲いいなぁ。私が余計なことしなくても付き合いそう）

仲睦まじい二人を見てレイラは自分が手を出さずとも自然と付き合いそうだと思った。

ちょうど、そこへオリビアが来て、お茶会に参加することになる。

「あらあら、楽しそうね」

「母様！　待っていましたよ。さあ、こちらへ」

レイラに案内されてオリビアは席へ向かう。その際に、シルヴィアへと挨拶をしてから席へとついた。

　オリビアはレオルドとシルヴィアが良い雰囲気であることを見抜いて、会話に加わる。

「うふふ。殿下とレオルドは随分と仲がよろしいのですね」

「えっ!? そ、そんな私はただレオルド様と楽しくお話ししているだけで……」

　言い訳をするかのようにシルヴィアは慌てているが視線はレオルドに向けられている。

　それを見逃すはずがないオリビアは目を細める。

　対してレオルドの方はと言うとお菓子に夢中であった。

　シルヴィアの視線に気がつくこともなくお菓子を頬張っている。

　息子の鈍さにオリビアは呆れて額を押さえてしまう。

「レオルド……あなたって子はどうしてそのように鈍いのですか?」

「へ? いや、母上。私は鋭いほうですよ」

「レオ兄さんは鈍いと思うわ」

「む! なぜだ?」

「「はあ～～～……」」

「ふ、二人揃って失礼じゃないか!?」

　盛大なため息を聞いたレオルドは二人に怒る。しかし、本気で怒っていないので二人は笑っている。

そんな三人のやり取りを見てシルヴィアは本当に仲の良い親子だとクスリと笑う。

色々と話し合い、一段落した時、シルヴィアが思い出したかのようにレオルドへとある質問を投げた。

「そういえば、レオルド様は今年の闘技大会には出場なさるのですか？」

「――闘技大会？」

お菓子を食べ、紅茶を飲んでいたレオルドはシルヴィアの一言により運命48についての知識を思い出す。

（そうだったっ！！！　確か、学園の最後の年に闘技大会が開催されるんだった！）

レオルドはもう一度おさらいするように闘技大会について詳しく思い出す。

（攻略ヒロインによっては優勝が必須だったりするんだよな……。ハーレムルートなら、騎士団長ベイナードと王国最強リヒトーと戦えるイベントでもある。まあ、まだ主人公は覚醒前だから勝てないんだけど！　でも、色々と問題を解決してるから多少は成長してるはず……！　それでも、二人には勝てないから負けイベなんだよね。ただ、善戦するといい装備をベイナード、リヒトーから貰える貴重なイベントでもあるから頑張る価値はあるんだけど、ここゲームの世界じゃないし）

ここで参加して己の実力を確かめるのも良し、不参加でジークフリートがどれだけ成長しているかを見るのも良し。

どちらを選んでもレオルドにとって得なのは確かであった。

参加するかどうか悩んでいたレオルドだったが、重要な事を思い出して固まってしまう。

「あのレオルド様？　どうかなさいましたか？」

「ん、む……少々、困った事がありまして」

「それはなんでしょうか？」

「私はジークフリートとの決闘に敗北しており、約定によって彼の前には出ることが出来ません。もしも、彼が参加するなら私は辞退させていただきます」

「あっ、それは……」

レオルドの言葉にシルヴィアも困ってしまう。いくら、王族といえども決闘で取り決められた約束を破るわけにはいかない。

王族が介入して決闘の取り決めを無かった事にしても構わないのだが、そうすると必ず文句を言う人間が現れる。

勿論（もちろん）、表立って王族の意見に反対するような輩（やから）は現れないだろうが不満は必ず残る。

そうなれば、いずれ謀反や反乱といった事も考えられるので慎重に考えなければならない。

だから、レオルドとジークフリートの間で決まった約定は決闘の勝利者であるジークフリートの手に委ねられる。

勿論、今更レオルドを死刑にしろなどということは出来ない。約定を取り消す事は出来ても、変えることは不可能である。

そもそも決闘とは古き時代から存在しており、今では忘れられたものとなっていたのだ。今回、レオルドが決闘をジークフリートに申し込んだことで思い出されたと言ってもいい。

その決闘についてだが、元々は両者の意見が対立した時に用いられるものであった。

それが、時を経ておかしな形になり勝者が望むものを手に入れられるというものになってしまった。

そんな事になってしまったので王族に決闘を申し込み、王位を奪取しようとする輩や憎い相手を合法的に殺そうと決闘を挑む者が当然出てきた。

それでは秩序が無茶苦茶になってしまうということで決闘は大きく制限されることになる。

一つ目は貴族間のみで決闘は成立するというもの。

二つ目が代理人を立てる事が可能という事。

三つ目は一対一であること。

この二つ目がとても重要で格下の貴族は格上に挑む際、大抵が代理人を呼ばれて返り討ちに遭う。

なにせ、貴族は爵位が高い者ほど力があるのだから、決闘に負けないように強い者を呼び寄せる。

なので、王族に決闘を挑もうとしたら王国最強のリヒトーが出てくる。ゆえに、余程の馬鹿か自信家でもない限り挑むことはない。

このように制限を設けた事により、決闘を行う者は減り、今の今まで忘れ去られていたのである。

「私のほうでジークフリート様に打診をしてみましょうか？」

「私が負けたのが——いや、私が愚かだったのが原因ですので殿下の手を煩わせる訳にはいきません」

「で、ですが、レオルド様は出場なさりたいのでは？」

「そうですね。なら、ジークフリートが参加しないのであれば参加します。まあ、もし参加したとしてジークフリートが観戦に来て私を目にした場合は大目に見てもらえると有り難いですね。それすらダメとなったら、大人しくゼアトに引き籠もっていましょう」

そう言って力なく笑うレオルドを見てシルヴィアは決意する。なんとしてでも、レオルドの参加を叶(かな)えようと。

楽しいお茶会の時間は終わり、シルヴィアは王城へ帰る事になる。

王城へと帰還したシルヴィアは早速行動に移す。お茶会で話した内容を国王へと伝えて、レオルドの参加を許可してもらう。

「ふむ。それくらいならば許可しよう。後はジークフリートへの確認だな」

「必ず許可させますわ」

気合の入った返事に国王は苦笑いである。

次にシルヴィアはジークフリートと接触する為に姉である第三王女クリスティーナの元へと向かう。

クリスティーナは運命48のメインヒロインの一人である。現在はジークフリートにお熱であるのだ。

ただし、ジークフリートは何の功績も挙げていないので結ばれる事はない。

しかし、運命48では王女ルート、つまり、クリスティーナのルートに突入すれば魔王がラスボスとして現れる。

ジークフリートが魔王を討伐することで結婚が認められてハッピーエンドである。

ちなみにハーレムルートでも魔王は現れる。

「お姉様。シルヴィアです。今、お時間よろしいでしょうか？」

「シルヴィア？　ええ、大丈夫よ」

「それでは失礼します」

姉のクリスティーナから許可を貰ってからシルヴィアは部屋の中へと入る。部屋の中で彼女はソファに座って紅茶を飲んでいる最中であった。

　他には使用人がいるだけで、クリスティーナは紅茶を飲む一時を楽しんでいる。

「どうしたの、シルヴィア？　私になにか用事かしら？」

「はい。実はお姉様に折り入ってお願いがありまして」

「なにかしら？　私に出来ることなら何でもしてあげるけど」

「ジークフリート様にレオルド様が闘技大会に参加を希望していることを伝えてほしいのです」

「まあ……！　レオルド様が闘技大会に……」

「はい。もしかして、ジークフリート様も？」

「いいえ。まだ、考えている最中よ。でも、そうね……レオルド様が参加なさると聞いたら参加するかもしれないわ」

「え？　それはどういうことでしょうか？」

「ジーク様はね、レオルド様が気になっていらっしゃるの。だから、きっとレオルド様が参加なさると聞いたら、ご自身も参加するとおっしゃるはずよ」

「それは嬉しいのですが、レオルド様とジークフリート様は決闘の約定により顔を合わせることが出来ません。ですから、ジークフリート様には決闘で取り決めた約定を取り下げていただけたらと思っております」

「わかったわ。学園で私の方からジーク様に聞いてみましょう」

クリスティーナはレオルドと同い年である。勿論、ジークフリートともだ。

学園に通っている彼女は可愛い妹の頼みということで、ジークフリートにレオルドの一件を伝えることを了承した。

「ありがとうございます、お姉様」

「うふふ。いいのよ。可愛い妹が私を頼ってくれたんですから、姉として当然の事をしたまでなのだからね」

そう言って笑うクリスティーナは飲みかけていた紅茶を飲み干した。

「所で話は変わるのだけど、シルヴィアはレオルド様の事をどう思ってるのかしら？」

「えッ!?　急に何を言うのですか」

「あら、可愛い妹が懸想している殿方を知りたいと思うのは姉として当然のことだと思うのだけど？」

そう言われるとシルヴィアも答えない訳にはいかない。

「とても好ましく思っていますわ。それこそ、数多く出会ってきた殿方の中では一番に」

「まあ！　でも、少し前まではとても評判の悪いことで有名だったけど、気にしないの？」

「過去については咎めるべき点が多いでしょうが、それを補うほどレオルド様は功績を挙げ、国へ貢献していますわ。でしたら、些細な事かと」

「ふふ、なるほど。確かに貴女の言う通り、レオルド様の功績は凄まじいわ。それこそ、羨むくらいに……」

ジークフリートに恋をしているだけあってクリスティーナはレオルドの功績が憎たらしい。

彼の功績が全てジークフリートのものであったなら、自身との結婚も可能であったと考えると、どうしても素直に称賛できないのである。

「お姉様？」

「いえ、なんでもないわ。闘技大会についてジーク様に伝えておくわね」

「はい。よろしくお願いします」

話は全て終わってシルヴィアは部屋を出て行く。

シルヴィアのいなくなった部屋でクリスティーナはどこか陰鬱そうに遠くを見つめていた。

年が明けて、冬期休暇が終わったので学園が始まる。

まだ、肌寒い中、生徒達は元気に登校している。その中にはジークフリートの姿もある。

どうやら、まだ眠たいようで欠伸をしながら歩いていた。

そこへ、友人のロイスとフレッドが合流する。

「よう、ジーク。眠たそうにしてるな」

「今年から俺達は最高学年なんだから、もっと気を引き締めろ」

「おはよう。二人共。フレッドの言う通りだけど、まだ実感はないな……」

「まあ、まだ先輩達はいるしな。確かに、実感はねえかも」

「はあ～。まあいいさ。俺は別にどうでもいいしな」

「フレッドは結局どうするんだ？」

「まだ、決めてはない。そういうお前はどうなんだ、ロイス？」

「ん～～～。俺は家督を継ぐことになってるけど、当分は親父（おやじ）がいるから騎士として志願しようかと思ってる」

「それが妥当だろうな。ジークはどうするんだ？」

「ロイスと一緒だ。俺も騎士になろうと思ってる。いずれは、男爵家を継ぐことになるんだろうけど、それまでは騎士として働くつもりだ」

「そうか……」

ついに最高学年となり、将来について真剣に考えなければならない三人は何気ない感じで話し合っている。

漠然とではあるが、ジークフリートとロイスは騎士になることを選んだ。

いずれ、二人は家督を継ぐことになるが、それまでは騎士として働くようだ。対して、フレッドの方はまだ決まっていなかった。フレッドは次男なので、家督を継ぐことはない。それゆえにまだそこまで真剣に考えてはいないようだ。

三人はその後も他愛のない話を続けて、教室へと向かう。

教室に着くと、三人はそれぞれ別れる。別れる必要があるのかと思うのだが、別れなければならないのだ。

なぜならば、ジークフリートの周囲はヒロインが座るからだ。

だから、ロイスとフレッドの二人は空気を読んで別の場所で授業を受ける。

ちなみにロイスとフレッドはジークフリート以外にも友達はいるので、班を組んだり、ペアを組んだりする際に揉めることはない。

三人が別れてジークフリートが一人になったところへエリナがやってくる。

「おはよう、ジーク」

「ああ、おはよう。エリナ」

髪をかき上げながらジークフリートに挨拶をしたエリナは自然に隣へ座る。

優雅に座る姿は周囲の男子から視線を集めるのだが、エリナはジークフリート以外に興味はない。

その後、エリナをはじめとして続々とジークフリートのハーレムメンバーが集まる。

朝のホームルームが始まる前にはジークフリートの周囲には女の子しかいなかった。いつもなら他愛もない話をして朝のホームルームが始まるまで時間を潰すのだが、今日は違う。

王女であるクリスティーナがジークフリートへと真剣な表情を向けたことから、周囲は静まり返る。

「ジーク様。今日は後でお伝えしたいことがあります」

「クリスがそんな顔するなんて、よっぽどのことなのか？」

「そうですね……。これはジーク様のみならずクラリスにも関係がありますので、大事なことかと思います」

「え……私も？」

新学期早々、クリスティーナの発言で二人は顔を見合わせる。

クリスティーナの顔は真剣なので、よほど重要なことだということだけは理解できる。

一体、彼女は何を自分達に伝えるのだろうと緊張するのであった。

朝のホームルームも終わり、新学期の挨拶となったので全校生徒は講堂へ移動となる。

移動中にジークフリート達は今朝のクリスティーナの発言が気になり、本人に訊いてみることにした。

「なあ、クリス。今朝言ってたことなんだけど、今じゃダメか？」

「すいません。もっと時間がある時にお話ししますね」

「そうか。わかった」

本当は気になって仕方がなかったが、クリスティーナの申し訳無さそうな顔を見て、ジークフリートはそれ以上の追及は止めることにした。

その後、新学期の挨拶を聞き終わり教室へと戻り、軽く授業を受けてから昼休みとなる。

ジークフリート達は学園にある食堂へと向かい昼食を取る。そこで、クリスティーナは今朝の続きを切り出した。

「出来れば、三人だけでお話ししたかったのですが……」

「私達がいたらまずいのかしら？」

「いいえ。そういう訳ではありません。ですが、このことについては出来る限り秘密にしてもらいたいのです」

「そう。なら、安心して。ここにいる全員は決して口外しないから」

エリナの言葉に少し悩むクリスティーナだったが、元々全員がいる場所で話してしまったので今更席を外してもらうのもおかしな話だ。

それに、この場にいる人間は信頼の置ける人ばかりで、エリナの言う通り口外される心配はないだろう。

少しだけ悩んだクリスティーナは誰も口にしないことを信じてレオルドが闘技大会に出

場を希望していることを話す。

「ジーク様。今年開催される闘技大会にレオルド様が出場なさりたいと言っているようです。そこで、ジーク様とレオルド様の間に取り決められた約定をどうにかしてほしいとのことだそうです」

「「「「ッッッ…………！！！」」」」

衝撃の内容を聞いてその場にいた全員は、驚きのあまり思わず叫んでしまいそうだったが咄嗟に手で口を塞いだ。

しばらく、驚きに固まっていたジークフリートが確認する為にクリスティーナへ聞き返した。

「それは、本当なのか？　レオルドが闘技大会に出たいって……？」

「はい。私の妹シルヴィアから聞いた話ですけど確かです。ただ、レオルド様はジーク様との約定があるので、それがどうにかならないと参加はできないそうです。ようは、ジーク様次第ということですね」

「俺次第……」

「そうです。ジーク様はレオルド様と決闘で勝利しているので約定を取り消すことは可能です。ただ、変更することは出来ませんけど……どういたします？」

悩むジークフリートだったが、ここで今朝クリスティーナがクラリスと自分の二人を指名していたことを思い出す。

　どうして、クリスティーナは最初に二人を選んだか。それは、きっとクラリスの意思を尊重していたからだろう。

　ジークフリートがレオルドと決闘する羽目になったのはクラリスを救う為である。

　そして、決闘で取り決めた約定もクラリスが絡んでいる。つまり、クラリスこそが今回の話の要なのだ。

「……クラリス」

「……わ、私は」

　全てはクラリスにかかっている。ここでクラリスが拒絶すればレオルドの闘技大会参加はなくなるだろう。

　しかし、本当にそれでいいのかとクラリスは思っている。クラリスはジークフリートがレオルドを気にしていることを知っている。

（私がここで我慢をすれば……ううん。違う。本当は私も今のレオルド様と話してみたい。だから――）

　まだ怖いけど、ここには沢山の友達がいる。あの時のように一人ではないのだ。

　ならば、後は覚悟を決めるだけ。でも、まだ怖いからクラリスは頼ることにした。

「ジーク君。私も今のレオルド様とは一度会って話してみたいの。だから、お願い。一緒

にレオルド様と会ってほしいの」

「ああ、わかった！　クリス。そういうことだから、レオルドとの決闘で決めた約束は取り消すよ。その事を伝えて欲しい」

「わかりました。ジーク様、クラリス。ありがとうございます。これで妹にいい報告が出来ます」

ついにレオルドとジークフリートは再会することになる。果たして、世界の運命はいかに変わるのだろうか。

それは、誰にもわからないが、きっと劇的なものになるだろう。

姉であるクリスティーナから嬉しい知らせを聞いたシルヴィアは早速レオルドに報告する為、ゼアトへ向かう。


一方、レオルドの方は闘技大会に出場出来るかどうかはわからないが、鍛錬をより励むようになった。

ギルバートとの組み手ではいつも以上に熱が入り、周囲で見守っていた者達も二人の熱の入りように驚いていた。

「おいおい、大将は戦争にでも行く気なのか？」

「そのようなことはないが、これほどまでに真剣なレオルド様は久しいな」

「すっご……私も頑張らなきゃ！」

「いやいや、カレン。あの二人は異常だぞ」

三人の視界の先ではレオルドとギルバートが拳を交えていた。

地面が弾け飛ぶほどの踏み込みでレオルドはギルバートへと迫る。

大地を砕かんばかりに踏み込んで、レオルドは拳を放つ。

直撃すれば常人なら死は免れないであろう速度と破壊力を秘めた拳をギルバートは受け流し、反撃の一撃をレオルドへと叩き込む。

的確に急所を突いてくるギルバートの拳をレオルドは身体を捻って避ける。

その反動を利用してギルバートに裏拳を放つ。

しかし、レオルドの放った裏拳はギルバートに受け止められる。

そのまま、ギルバートはレオルドの腕を搦め捕り、関節技に持ち込もうとする。

このままでは腕を折られてしまうとレオルドは、強引に身体を回転させてギルバートの拘束から抜け出す。

バッとレオルドとギルバートは離れる。額に汗を滲ませるレオルドに対して、まだまだ余裕の表情を見せるギルバート。

そんなギルバートを見たレオルドはつくづく恐ろしい相手だと笑う。そして、同時に幸せだと感じている。

これほどまでに素晴らしい強者と巡り会えたということを。

ギルバートの強さは運命48でも現実でも変わらない。極限にまで鍛え上げられた武術、そして数々の経験により研ぎ澄まされた戦闘能力。

還暦を迎えているというのに衰えを見せる様子もない逞しい身体。

さすがは伝説の暗殺者である。レオルドは心の底から尊敬をしている。

ただ一つ残念な部分があるとすれば、孫娘が絡むとポンコツになることだろう。

まあ、今は戦闘中なのでそのようなことは決してない。

そんなことはさておき、レオルドとギルバートの組み手である。両者は距離を取り、お互いの出方を窺っている。

微動だにしない二人であったが、先にレオルドが仕掛ける。

目にも留まらぬ速さでギルバートの背後へと回る。まだ、背後に振り向かないギルバートへレオルドは蹴りを放つ。

これが決まるとは思っていない。恐らく防がれるだろうとレオルドは推測する。

推測は正しくギルバートに放った蹴りは防がれる。そして、ゆっくりとギルバートが首を動かす。

「いい動きです。しかし、狙いが甘いですね。どこを狙ってるか見え見えですよ」

「……ふ。そう、かっ！！！」

身体全体を使ってレオルドは回転し、二度目の蹴りをギルバートに叩き込む。もとより、防がれることは想定していた。

ならば、次に繋げればいいのだ。レオルドは回転を加えた蹴りをギルバートに叩きつけて、大きく吹き飛ばす。

「ぬぅっ！」

「おおおおおっ！！！」

吹き飛んだギルバートが崩れた体勢を整えているとレオルドが襲いかかる。不十分な体勢でギルバートはレオルドの攻撃を捌く。

攻め切れないレオルドはギルバートの技量に舌を巻く。

やはり、この程度ではギルバートには勝てない。せめて、一撃を決めるまではとレオルドは果敢に攻める。

「るぅぁぁあああああ！！！」

まるで暴風のようにレオルドは乱打を繰り出す。息をつく暇も与えることなくレオルドはギルバートを追い詰める。

その光景を見ていた三人は本当に組み手なのかと不安を抱き始める。あまりにもレオルドの熱が入っている姿に三人は疑問を感じずにはいられなかった。

これは、止めたほうがいいのではとジェックスとバルバロトが顔を見合わせる。二人のお互いの意見は一致した。

一度頷くとその場から駆け出そうとするが、一方的に攻められていたギルバートがレオルドの手を摑んだ。

「むっ!?」

「捕らえましたぞ……!」

「この程度で俺が止められるとでも!!!」

「いいえ。一度、動きを止めれば十分!」

そう言うとギルバートは摑んでいたレオルドの手を離して、上半身を捻り貫手を放つ。溜めも踏み込みもない貫手を目にしたレオルドは驚愕の表情を浮かべるが、ギシリと歯を食いしばり思考を加速させる。

(腕? 足? 身体をひねる? いいや、いいや!)

瞬時に出した答えは前方へ縦に回転してかかと落としを決めることだった。

貫手を回避すると同時にレオルドが前方宙返りしてギルバートへとかかと落としを放つ。

完全に決まるかのように思われたが、ギルバートはかかと落としが当たった瞬間にレオルドと同じように縦方向に身体を回転させて、衝撃を受け流しつつ反撃とばかりにかかと落としを叩き込んだ。

「ぐぶふぅっ!?」

「いやはや、危ないところでした」

結果、レオルドは大地に沈み、立っていたのはギルバートであった。

少々、ハラハラしたが三人は戦い終わった二人の元へと向かった。

そこへイザベルが現れて、シルヴィアが来訪したと五人に伝える。

シルヴィアが来たという報せを聞いたレオルドは汚れた身体を洗い流す為に浴場へと向かった。

イザベルにそのことを伝えてシルヴィアを待たせないようにレオルドはさっと身体を流してから応接室へと向かった。

「お待たせして申し訳ありません。殿下」

「いえ、構いません。こちらが事前に連絡もしなかったのがいけないのですから」

レオルドは謝罪をしてからソファへと腰掛ける。シルヴィアが来たということは、恐らくこの前話したジークフリートの事だろうとレオルドは確信していた。

「今日、レオルド様の元へ来たのは先日の報告についてです」

「ジークフリートはなんと？」

「決闘で決めた約束を取り消すそうです。よかったですね、レオルド様。これで、闘技大会に参加できますよ！」

まるで自分のことのように喜ぶシルヴィアを見てレオルドは身体の力が抜ける。なにせ、取り消されるなんて思っていなかったからだ。

二人が決闘に至ったのはレオルドが元婚約者(クラリス)を仲間と一緒に襲ったことが原因なのだ。だから、許されるとは思っていなかった。

ジークフリートの性格上、クラリスに今回の件を委ねたはずだとレオルドは思っている。

(ジークはきっとクラリスに聞いたはずだ。決闘の約束を取り消していいかと……クラリスは運命48ではレオルドのことがトラウマになっているはず。だから、決闘で決まった約束を取り消すようなことはしないと思っていたのに……。そうか……彼女の心境が変化したのか。なら、近い内に再会することになるな)

喜ばしい反面、レオルドは己の罪と再び向き合う日が来るのだと覚悟するのであった。

第三話 ✧ 闘技大会と再会

冬が過ぎ。春を巡り。訪れた夏。

ついに闘技大会の日がやって来た。

この日の為にレオルドは死ぬ気で鍛錬を積んできたのだ。

いよいよ、その成果を発揮する時が訪れたのである。

腕を組んで見上げる先には闘技大会が開催される会場がある。

「ふむ……」

「何を考えてるのかしら？」

「いいや、ついに来たかと思っただけだ」

レオルドは今、シャルロットとギルバートとシェリアの三人と一緒に闘技大会の会場前に来ていた。他のメンバーは後ほど合流予定である。

ちなみにジェックスとカレンは変装をして来るとのこと。

カレンは必要ないのだがジェックスは餓狼の牙ということが判明しているので隠す必要がある。ゆえに変装するのだ。

「それにしてもすごい活気だな」

闘技大会、それは一種のお祭りであるので屋台が出ている。定番のりんご飴やわたがしにチョコバナナと日本の縁日を思い起こす。

まあ、ここは日本人が考えた世界なので当然と言えるだろう。

さて、お祭り騒ぎになっているので当然騒がずにはいられない。なので、レオルドとシャルロットは互いに好きなものを買いに出る。

シェリアも便乗したかったが今回はギルバートがいる為、必死に騒ぎたい気持ちを押し殺していた。

「何やってるの、シェリア？　こっちに来なさいよ」

「え、あ……」

シャルロットに呼ばれるシェリアだが、彼女はあくまで侍女。勝手な行動は出来ない。

しかし、今日はお祭り。少しくらいは大目に見るべきだろうとギルバートはシェリアの頭を撫でた。

「行ってきなさい。シャルロット殿の傍から離れないようにな」

ギルバートからの許可を得たシェリアはパアッと嬉しそうに笑みを浮かべる。

「うん！　お爺ちゃんの分も何か買ってきてあげるね！」

「ほら、シェリア。行くわよ！」

微笑ましい光景にギルバートはすっかりお爺ちゃん気分である。

それから三人が買い物から帰ってきた。

待ち合わせ場所になっていたギルバートの元に集まる三人は両手いっぱいに屋台で買ったものを抱えている。

そんな三人を見たギルバートはため息を一つ零してから呆れたように笑う。

「シャル、シェリア。ちょっと買いすぎじゃないか？」

「そういうレオルドこそ買いすぎよ」

「そうですよ。私達はお爺ちゃんの分も含めて三人分ですから！」

「三人共、変わりませんよ。それよりも、それだけ沢山抱えていたら移動も辛いでしょうから座れる場所へ移動しましょうか」

三人はギルバートに言われて、移動を始める。四人は用意されている休憩所に着いて、空いてる席を探して座った。

四人は屋台で買った軽食をつまんでいく。それから、少しの雑談を終えてレオルドは家族と合流する為に闘技場前に設置されている受付の元へと向かう。

受付の前は参加者で溢れかえっており、待ち合わせ場所には向いていなかったが、レオルドの家族は公爵家なのでＶＩＰ待遇である。

つまり、一般参加とは違って、レオルドは並ばずに闘技大会の参加を申し込める。

「今年は多いな」

「そうよね。毎回こんな感じなの？」

「いや、俺は過去に一度優勝した以降は参加していないから知らん」

「そうなの？　じゃあ、ギルは？」

「私は参加したことがありませんからな。坊ちゃまが参加した時よりは多く感じますが……」

「う……む。よく覚えてないからな。まあ、そういうものなのだろう」

四人は一般参加の列の横を通り過ぎていく。そうして、上位貴族のみを受け付けている係員の元へと辿り着く。

そこには、ベルーガをはじめとしてオリビア、レグルス、レイラの四人が待っていた。

係員に参加を申し込み、レオルドは家族の元へと向かう。

「もう着いていたのですね」

「ああ。ところで、お前が連れてきているのは三人だけか？」

「ええ。この三人だけです。まあ、後から観戦に来るとのことです」

「そうか。こちらの方で席を用意しているから、到着したら連れてくるといい」

「わかりました」

「レオルド。貴方が優勝するのを楽しみにしてるわ」

「母上。期待に応えられるかはわかりませんが精一杯戦うつもりですから、どうか見守っていてください」

「ええ、頑張って。レオルド」

「兄さん。僕は兄さんが優勝するって信じてます！」

「少年の部ではないからな。まあ、できるだけ頑張るさ」

「レオ兄さんっ！　そこは優勝するって宣言するところでしょう！　弱気になったら負けなのよ」

「あのな、レイラ……そう簡単に優勝は出来ないんだぞ。参加者がまだ分かっていないが腕に自信がある者ばかりだし、そもそも予選を突破しなければならないからな」

「それはそうだけど、レオ兄さんはもっと自信を持つべきよ。そうすれば自ずと結果は出るわ」

「む……ふっ。そうだな。最初から弱腰なのはいけないな。助言感謝する、レイラ」

「ええ！　頑張ってね、レオ兄さん！」

四人からの声援を受けてレオルドは大会へ臨む。

まずは予選を突破しなければならない。毎回多くの参加者を募るので、予選は相手に与えるダメージを数値化する魔道具を使い、規定値を超えた者のみが本選に選ばれる。

規定値を超えた者が多い場合は、ダメージ値が高い順となっている。

そして、その規定値は前回優勝者の数値を参考に算定している。

なので、毎回バラつきがあるのだが、今回は前回優勝したリヒトーの数値が基準なのでかなり予選のハードルが高くなっている。

もちろん、リヒトーが叩き出した数値は本気という訳ではない。一般参加者でもクリア出来るであろうと手加減した結果なのだ。

「……何人、突破出来るんだろう？」

恐らく数百を超える参加者の一割も残らないだろう。残念ではあるが、ハードルがあまりにも高すぎる。

そう思うとレオルドは苦笑いしか出来なかった。

ついに闘技大会が開催となる。

レオルドは予選を突破して本選へと駒を進めていた。

リヒトーが出した数値には及ばなかったものの規定値を超えたので本選への出場が決まったのだ。

今回本選に出場が決まったのは十六名。本選はトーナメント形式なので、まずは対戦相手を決めなければならない。

対戦相手はくじ引きで決まるので、あいうえお順に名前を呼ばれてから、レオルドはくじを引く。

「……第一試合か」

レオルドが引いたのは残っていた一番。対戦相手は――

「ハッハッハッハッハ！　よろしくな、レオルド！」

「ええ、こちらこそ。いつぞやの借りは返させて貰（もら）いますから」

王国騎士団長ベイナード・オーガサスである。豪快に笑いながら、バシバシとレオルドの背中を叩いている。

一回戦第一試合はレオルド対ベイナードとなった。

そして、レオルドがもっとも注目している相手（ジークフリート）とは二回戦で当たる。

つまり、ジークフリートと戦うにはベイナードを倒す必要がある。

一回戦からレオルドは全力を出さねば勝てないであろうベイナードに落胆するかと思いきや、闘志を燃やしていた。

以前、一度だけ模擬戦をしたベイナードとまた戦える事に喜んでいた。好戦的な理由かと思われるが違う。

ただ認めてくれた相手に今の自分を見せる事が出来ると喜んでいるのだ。

対戦相手が決まったレオルドはジークフリートへ目を向けると、一瞬だけ目が合った。

何か伝えたいことでもあるのだろうかと気になったが、闘技大会のルール説明が行われるのでレオルドはそちらに集中することにした。

出場選手は進行係の前に集まり、説明を静かに聞く。

「闘技大会についてのルールですが、まずこちらの魔道具をつけてもらいます」

説明をしている係員が取り出したのは腕輪であった。全員が腕輪に注目したのを見て係員は説明を再開する。

「こちらの腕輪は魔法、物理攻撃をある程度防ぐ結界を張る事のできる魔道具となっております。まず、装着します。すると、装着者の身体に薄い膜のように結界が張られます。そうすることで死亡事故を防ぎ、装備者の命を守ります。ただし、これは一定以上のダメージ、衝撃を受けると壊れる仕様になっています。なので、壊れた瞬間に敗北となります」

そこまで言うと係員は説明を止めて、出場選手に質問がないか問いかける。

「ここまでで何か質問はありませんか？」

「どれだけの衝撃に耐えられる？」

「テストではリヒトー様の一撃にも耐えております」

「ちなみにそれを装備した場合、衝撃で気絶とかは？」

「します。腕輪が壊れてなくても装備者が気絶したり、倒れてから十秒数えて起き上がれない場合は敗北となります」

聞きたいことを聞き終えた選手達は質問することがなくなり、静まり返る。

説明をしていた係員は質問がなくなったので闘技大会のルールの説明を再開した。

オーバーラップ文庫&ノベルス NEWS
文庫注目作
処刑された最強は蘇り、
再び最強に返り咲く!!
反逆者として王国で処刑された隠れ最強騎士1
蘇った真の実力者は帝国ルートで英雄となる
著：相模優斗　イラスト：GreeN
ノベルス注目作
臆病な最強魔女の
「何でも屋」
ライフ
スタート！
暁の魔女レイシーは自由に生きたい1
～魔王討伐を終えたので、のんびりお店を開きます～
著：雨傘ヒョウゴ　イラスト：京一
2302 B/N

オーバーラップ2月の新刊情報

発売日 2023年2月25日

オーバーラップ文庫

異能学園の最強は平穏に潜む
～規格外の怪物、無能を演じ学園を影から支配する～
著：藍澤 建　イラスト：へいろー

反逆者として王国で処刑された隠れ最強騎士1
蘇った真の実力者は帝国ルートで英雄となる
著：相模優斗　イラスト：GreeN

エロゲ転生 運命に抗う金豚貴族の奮闘記4
著：名無しの権兵衛　イラスト：星夕

黒鳶の聖者5
～追放された回復術士は、有り余る魔力で闇魔法を極める～
著：まさみティー　イラスト：イコモチ

本能寺から始める信長との天下統一9
著：常陸之介寛浩　イラスト：茨乃

ひとりぼっちの異世界攻略
life.11 その神父、神敵につき
著：五示正司　イラスト：榎丸さく

オーバーラップノベルス

ひねくれ領主の幸福譚3
～性格が悪くても辺境開拓できますうぅ！～
著：エノキスルメ　イラスト：高嶋しょあ

不死者の弟子7
～邪神の不興を買って奈落に落とされた俺の英雄譚～
著：猫子　イラスト：緋原ヨウ

オーバーラップノベルスf

暁の魔女レイシーは自由に生きたい1
～魔王討伐を終えたので、のんびりお店を開きます～
著：雨傘ヒョウゴ　イラスト：京一

めでたく婚約破棄が成立したので、自由気ままに生きようと思います2
著：当麻リコ　イラスト：茲助

虐げられた追放王女は、転生した伝説の魔女でした3
～迎えに来られても困ります。従僕とのお昼寝を邪魔しないでください～
著：雨川透子　イラスト：黒裄

芋くさ令嬢ですが悪役令息を助けたら気に入られました5
著：桜あげは　イラスト：くろでこ

【最新情報はTwitter & LINE公式アカウントをCHECK!】

@OVL_BUNKO　LINE オーバーラップで検索

2302 B/N

「では、闘技大会についてのルールですが、基本はこの腕輪が破壊された方が負けとなります。それから、魔法の使用は許可されていますが、魔法障壁、物理障壁を防御に使うのは禁止としています。この腕輪がありますからね。そして、先程言いましたが腕輪が壊れてなくても気絶、もしくは倒れて十秒が経過したら負けとなります。それから、武器の使用ですが、こちらは大会側が用意したものを使ってもらいます。それと、腕輪が壊れた後に対戦相手を攻撃した場合は失格となりますのでご注意ください」

これで説明は終わりかと思われたが、係員は大事なことを伝え忘れていたのか、思い出したかのように最後に一言付け足した。

「あー、それとこの腕輪は大変貴重なものなので紛失した場合も失格です。希少な素材を使っていますので、ごく僅かにしか生産できないんですすよ」

「そんな貴重品を闘技大会で使っても良いのか？　多くの貴族が欲しがるようなものだと思うのだが？」

「そう思いますよね。ですが、この腕輪には欠点があるんです」

「欠点？　まさか大量の魔力を吸い取るとかか？」

「いえ、違います。この腕輪……効果が一日しか持たないんです」

「ああ、なるほど。それならば意味がないな。でも、大量に持っておけばいいではないか？」

「先程も言いましたが希少な素材を使っていますので大量生産は難しいですね。現在あるのは今回の闘技大会で使う分ほどしかありませんから。ですから、紛失した場合は失格なんですよ」

「……悲しい事情なんだな」

「はい。申し訳ありませんが選手の皆様には理解していただければと思います」

なんとも言えない雰囲気になってしまったが、出場選手はそれぞれ腕輪を受け取り装備していく。

全員に腕輪が行き渡ったところで、進行役の係員が第一試合のレオルドとベイナードを呼び出す。

「では、第一試合の出場選手はこちらに。他の選手は控え室に移動してください」

呼ばれた二人以外は控え室へと移動する。

そして、残った二人は進行役の係員に連れられて、試合会場へと向かう。

道中、二人は話すこともなく黙々と係員の後をついて歩いている。

互いにこれから行う試合の為(ため)、集中をしているのだ。

一度は戦ったことのある二人だが、以前とは違うということを直感で理解していた。

ベイナードはレオルドがどれだけ成長したのかを楽しみにしており、彼の方はどこまで自分がやれるのかとウズウズしていた。

いよいよ、闘技大会の幕が上がる。

闘技場の入り口に立つレオルドは、大きく深呼吸をして足を進める。

闘技場は中央の広場の周囲を高い壁が囲み、その上に観客席があるといった造りになっている。

その観客席には多くの観客が集まっており、試合を今か今かと待ち侘びている様子だ。

熱狂が渦巻く闘技場にレオルドとベイナードの両名が入場した事で、観客は大きな歓声を上げる。

ついに、待ち侘びていた闘技大会が始まるのだと、観客達は大盛り上がりである。

「観客の皆さま。大変長らくお待たせしました！　これより、第一試合レオルド・ハーヴェスト対ベイナード・オーガサスの試合を始めたいと思います！」

第一試合から、いきなり王国騎士団の団長ベイナードの試合が見れるとあって観客達はさらなる熱狂を見せる。

今回の闘技大会はベイナードとリヒトーの二人が参加すると聞いて、多くの民衆が驚きと喜びに震えていた。

王国最強のリヒトーと騎士団長のベイナードが公の場で戦う事になるのだから、話題となるのは当たり前だろう。

しかし、歓声を上げていた観客達だったが、ベイナードの対戦相手を聞いて首を傾げる。

レオルドという名前に聞き覚えがあるからだ。

「レオルドって確か……金色の豚だっけ？」

「ちげーよ。金の豚だって！」

「え？　転移魔法を復活させたレオルドじゃね？」

「同一人物なのか？」

レオルドは良くも悪くも有名である。かつては、金色の豚と蔑まれており、公爵家という立場でもあったので平民にも知れ渡ってた。

今は転移魔法を復活させた人物としても有名であるが同一人物だという事はあまり知られていなかった。

そのおかげで観客席にいた多くの平民はレオルドの名前を聞いて不思議そうに首を捻っている。

その一方でレオルドのことを良く知っている者達は驚きに目を見開いていた。

そう、学園の生徒達である。

学園に通っている生徒達はレオルドのことを良く知っており、どのような人物でどんな見た目をしているかを知っていたからだ。

だから、今の激痩せして筋骨隆々の姿を見て驚きを隠せない。

「うっそだろ……！　アレが元金色の豚なのかよ！」

「バカ！　今じゃ伯爵で国王にも認められてる有名な方だぞ！　昔のあだ名で呼んでたら殺されるぞ！」

かつての姿を知っていた生徒達は変わり果てたレオルドを見て戸惑っていた。

功績は聞いていたが、まさか姿まで変わっているとは想像も出来なかったようだ。

まあ、昔のレオルドしか知らない人間からすれば予想できなくても仕方がない。

「……レオルドってあんなに痩せてたの？」

ジークフリートの応援に来ていたヒロイン達の一人が他のヒロインに問い掛ける。

「……私が会ったのは転移魔法の復活を祝うパーティの時だったけど、あの頃よりも痩せてるわね」

ヒロイン達の中で一番レオルドと面識のあるエリナが答える。

「すっごく強そうに見える……」

「強いわよ。気に食わないけどあいつは昔、闘技大会の少年の部で最年少優勝者になってるからね。ただ、その日を境に転がり落ちていったけど」

「知ってる。あの時は同い年なのに凄い人がいるってはしゃいでたから」

ヒロイン達が見下ろす先には、集中して目を瞑っているレオルドがいる。

そのレオルドはというと、闘技場に入ってから周囲の雑音を全て排除していた。

必要な情報のみを耳に入れ、静かに精神を研ぎ澄ます。

進行係が最後の説明を行い、闘技場にはレオルドとベイナードの二人だけとなった。

互いに向かい合い、レオルドはうっすらと目を開けて相手の顔を見つめる。

両者の間に言葉はない。ただ、沈黙だけが二人を支配している。

レオルドは極限にまで集中力を高めて、試合開始の合図を待つ。

やがて、時が止まったかのように観客席の声が止まる。

そして、両者の間に吹いていた風がピタリと止み、試合開始の銅鑼が鳴り響く。

銅鑼の音が聞こえた瞬間、レオルドは大きく目を見開き、地面を踏み砕いて駆ける。

観客は地面が砕かれた音が聞こえたと思ったらレオルドの姿が消えていることに気がつく。

一体どこへ行ったのかと、試合に注目していたらレオルドがベイナードに剣を振り下ろしていた。

両者の剣がぶつかり衝撃波が発生して、観客席にまで衝撃による突風が届く。

闘技場は観客の安全が保障されており、魔法使い達が結界を何重にも重ねて張り巡らせている。

しかし、二人がたった一回剣をぶつけただけで観客席にまで突風が届いた。観客達は息を呑む。

一体どれだけの衝撃だったのかと。

「やはり、受け止めましたか」

「はははは！　いい一撃だ。どうやら、鍛錬を怠ってはいなかったようだな」

「ええ。ですが、まだベイナード団長には届かない。だが、そんなことは百も承知！　俺は、俺が持つ全てを以て貴方を倒す！！！」

　これは挑戦である。いまだ届かない領域にいるベイナードへの。

だから、これまで培ってきた全てを用いてベイナードへ挑むのだ。

負けるかもしれない。勝てないかもしれない。

だが、そんなことはどうでもいい。

いずれ運命と向き合う時が来るのだ。

前哨戦というわけではないが、今の自分がどこまで通用するのか試すには最高の機会であり、最善の相手である。

レオルドは剣を握る力が自然と強くなるのを感じ、獰猛な笑みを浮かべた。

「行くぞ！！！」

「来い、レオルドッ！！！」

観客達の眼下ではレオルドとベイナードが戦っている。それも常人には到底目が追いつけない圧倒的な速度で。

だが、そんなことは気にならなかった。時折、鍔迫り合いになり立ち止まる時がある。

その時だけ二人の姿が見えるので観客達にとってはそれで十分であった。

最初は期待などしていなかった。なにせ、ベイナードは騎士団長なので余裕で勝つと思っていたから。

だから、レオルドがここまで善戦するとは誰も予想できなかった。

目の前で二人は激しいぶつかり合いを見せている。それが何よりも楽しい。

いい意味で期待を裏切ってくれたレオルドに観客達は盛り上がる。

戦っているレオルドは周囲の音が耳に入っていなかった。目の前のベイナードに集中しており、それ以外の全てを思考から切り捨てている。

大会側が用意した剣を振り抜くレオルドにベイナードも大会側が用意した大剣で応える。

ガギンッと音が鳴り響き、両者の剣が火花を散らせてぶつかり合い、戦いの激しさを表していた。

烈火の如く激しく攻めるレオルドに対して、激流を制するように受け流すベイナード。

どれだけレオルドが攻めようともベイナードには届かない。それでも攻撃の手を緩めることはない。

ベイナードに剣術で勝てないのは誰よりも理解している。相対している自分が一番理解しているのだ。だからといって、諦める道理にはならない。

届かないなら、どんな手を使ってでも届かせればいい。

それは剣術じゃなくてもいいのだ。

ベイナードに勝てるとしたら、それは――

「アクアスピア！！！」

斬り結んでいるところにレオルドは魔法名を叫ぶ。詠唱破棄で発動される魔法は威力こそ低いが、発動速度は速い。高速戦闘では有用な手段の一つである。

それこそ、近接で戦っている今こそが好機と言えるだろう。

魔法名を聞いたベイナードは魔法に備えるがアクアスピアは飛んでこない。それこそがレオルドの作戦であった。

ベイナードが一瞬でも他のことに気を取られたなら隙が生まれるとレオルドは踏んでいた。

それは見事に成功してベイナードはほんの一瞬ではあるがレオルドから視線を外した。

（ここだ！！！）

両手に握っていた剣を片手に切り替えてレオルドは空いた手から電撃を放つ。

だが、そう易々とベイナードがレオルドの魔法を許すことはしない。

視線を外した僅かな隙を突いて電撃を放ったレオルドの手を摑んで電撃を逸らした。

驚くレオルドだが、ベイナードならばこれくらいはしてくるだろうと予想していた。

すぐに思考を切り替えて次の手を打とうとする。

一瞬の出来事。それはレオルドの思考を超える。

ベイナードが身体を回転させてレオルドを放り投げたのだ。とてつもない力に引っ張られたレオルドは突然のことに思考が追いつかない。

（投げられた!?　なぜ！　いや！　そんなことより体勢を！）

空中で身を翻して着地するレオルドは自分を投げたベイナードに顔を向ける。

レオルドが顔を向けたが、ベイナードの姿は確認できなかった。

ゾワリと背筋に悪寒が走ったレオルドは後ろを振り返る。

すると、そこには大剣を振りかぶったベイナードの姿があった。

（やられる……っ！）

障壁を張ることは出来ない。試合のルールに違反するのでレオルドは剣を盾代わりにしてベイナードの一撃を受け止めた。

尋常ではない衝撃にレオルドは耐え切れずに吹き飛んでしまう。闘技場の壁際まで吹き飛ばされたレオルドは地面に剣を突き刺して強引に止まる。

（分かっていたが……ああ、くそ。やっぱり強いな）

地面に剣を突き刺して杖のようにしているレオルドはベイナードを見上げる。

強者の姿が大きく見える事があるだろう。

まさに今、レオルドにはベイナードが圧倒的に大きな存在に見えていた。

だけど、まだ終わってはいない。

だって、まだ全部出していない。

そう、まだ始まったばかりである。

体力も魔力も十分。そして、やる気も。

ならば、ここで止まるわけにはいかない。

刮目せよ、ここから先のレオルド・ハーヴェストの力に。

地面から剣を抜いたレオルドは待ってくれていたベイナードに剣先を向ける。

剣先を向けられたベイナードは、その思いに応えるように剣を向けた。

駆け出すレオルドにベイナードが待ち構える。振り下ろしたレオルドの剣をベイナードが受け止める。

すると、ベイナードの体勢が崩れる。その光景が信じられないと観客達が驚いた。

そして、同じようにベイナードも驚いていた。

一体何が起こったというのか。その疑問の答えはベイナードの足元にある。

ベイナードの足元はぬかるんだ地面になっており、気づかない内にレオルドが水魔法と土魔法を複合させて地面を沼地のように変えていたのだ。

卑怯かもしれない。褒められるようなことではない。

だが、それは違う。レオルドは自身が持つものを有効に使っているだけに過ぎない。

体勢が崩れたベイナードに向けてレオルドは叩きつけている剣に体重を乗せる。不十分な姿勢に足元がぬかるんでいることもあってベイナードは追い込まれた。

笑っている。ベイナードはレオルドの成長に喜んでいた。

まだ、甘い部分はあるが以前より遥かに研ぎ澄まされた技術に。

（ふっ……強くなっているな、レオルド。ならば、応えねばなるまい。お前の強さに！）

応えるべきであろう。この戦いに。レオルドの成長に。

ストンッとレオルドの剣が地面につく。ベイナードがレオルドの剣を受け流したのだ。

（な!?　どんな技だよ！！！）

確実に決まると思っていたレオルドは剣を受け流された事に動揺していた。

それを悟られないように、ベイナードから離れて剣を構える。

ぬかるみから抜けるベイナードがゆっくりと大剣を構える。その瞬間、レオルドの全身に鳥肌が立つ。

（空気が変わった…………！）

ベイナードが纏っていた空気が変わる。それは始まりの合図。第二ラウンドの始まりであった。

今まで守りのベイナードであったが、今日初めて攻めに出る。ベイナードは大剣を逆手に持ち、深く腰を落とすと駆け出す。

土埃を巻き上げながら、真っ直ぐに駆けてくるベイナードにレオルドは驚きながらも土魔法で迎撃する。

「アースニードル！」

レオルドの足元から土の棘が生えて、ベイナードに向かっていく。土の棘が迫っても避ける素振りすら見せない。

「はあっ!?」

土の棘にぶつかったベイナードはダメージ覚悟で空いていた片手を使い、土の棘を破壊する。それを見て驚きの声を上げるレオルド。

そして、ベイナードは跳躍して逆手に持っていた大剣をレオルド目掛けて振り抜く。

受け止めるべきではないと直感が叫び、レオルドは横に跳んで斬撃を避ける。

避けられた斬撃は闘技場の壁にぶつかり、頑丈に作られて結界も張られていた壁を木っ端微塵に破壊した。

ガラガラと崩れる壁を見てレオルドは乾いた笑みを浮かべる。

（ははっ……マジかよ）

改めて、自分が戦っている相手がどれだけ強いかを知った。

崩れる壁を視界の端に収めながらレオルドはベイナードを見つめる。

振り向いたベイナードは久しぶりの本気に身体が慣れていないのか、首をゴキゴキと鳴らしていた。

そんなベイナードの背後では崩れた壁が元の形へと戻っていく。

魔法使い達が破壊された壁を急いで修復したらしい。これで観客達も安心である。

ゆっくりとレオルドの方に歩いていくベイナード。

肩を回して身体を確かめているベイナードに向けて、レオルドは一切の手加減なく魔法を放つ。

「ライトニング！」

迸る閃光がベイナードを貫かんとする。ライトニングが当たるかと思われた瞬間、ベイナードが大剣を振るいライトニングを弾き飛ばす。

その光景にレオルドは顔を引き攣らせる。

(冗談だろ……！)

一度弾かれたからといって効かないというわけではない。

レオルドは何度もライトニングを放つ。

しかし、その悉くはベイナードが振るう大剣で弾き返される。

流石にここまでされればレオルドはライトニングがベイナードには通じないことを理解する。

「ふう……」

一度、呼吸を整えてレオルドは剣を構える。こちらへと向かってくるベイナードに向かってレオルドは駆け出した。

ベイナードへ迫りレオルドは剣を振るう。対するベイナードはレオルドの剣を避けて、大剣を叩きつける。

迫りくる大剣をレオルドは上体を捻って紙一重で避けると、再度剣を振るいベイナードを斬りつける。

しかし、レオルドの剣はベイナードに届かない。

「ッッッ……!?」

レオルドが振るった剣の刀身をベイナードは摑んでいた。

無論、レオルドが手加減をしていたわけではない。本気の一撃を叩き込もうと振るった剣である。

その剣速は簡単に捉えられるようなものではない。

だが、現にベイナードはレオルドの斬撃を見切り、刀身を摑んで止めている。

圧倒的である。埋めようのない実力の差をベイナードはレオルドに見せつけた。

刀身を摑まれてしまったレオルドは引き抜こうと力を込めるがビクともしない。

その間にベイナードが大剣を振るい、レオルドを斬り伏せにかかる。

迫りくる大剣から逃れる為にレオルドは武器である剣を手放すことに決めた。

後方へ跳んで大剣を避ける。距離を離したが、同時に武器を手放してしまった。

痛恨のミスではあるが、剣に拘っていたら大剣をまともに受けていたので仕方がなかった。

（どうする？　魔法は当たらない。剣術は勝てない。はっ……！　絶望的な状況だな！　くくっ、はっははははは！　ああ、ああ！　そうだとも！　たかがこれしきで諦める俺じゃない！）

さらなる闘志を燃やすレオルドは魔力を高める。腰を低く落として、一気にベイナードとの距離を詰めた。

ベイナードの懐に侵入したレオルドは拳を放つ。だが、それを許すベイナードではない。拳を大剣で受け止められ、攻撃を阻まれてしまったがレオルドは身体を回転させて回し蹴りを放つ。

しかし、それすらもベイナードに止められる。腕でレオルドの蹴りを受け止めたベイナードは大剣を振るい引き離す。

横薙ぎの一閃をレオルドは身体を反らして避けると、そのままの勢いでサマーソルトキックを繰り出す。顎を狙ったが足を掴まれた。

不味いと思ったレオルドは掴まれていない足でベイナードに蹴りを放つが、それよりも先に放り投げられる。

投げられたレオルドは、このままでは壁に激突してしまうと身体を空中で翻して壁に着地。

そして、壁を壊すほどの威力で壁を蹴って弾丸のようにベイナードへと飛んでいく。

飛んでくるレオルドを待ち構えるベイナードは大剣を両手で握りしめて天高く掲げた。

レオルドがベイナードの間合いに入った瞬間、大剣を振り下ろす。

刀身から放たれた斬撃は闘技場を割り、壁に激突して結界に阻まれる。

見入っていた観客達は、レオルドが斬られたとばかり思った。

しかし、レオルドの姿はどこにもない。

どこへ消えたのかと観客達が捜していると、ベイナードがその場から大きく後ろへと下がる。

すると、ベイナードが立っていた場所からレオルドが飛び出してくる。どうやら、地面の中に潜んでいたようだ。

「一体どういう魔法で地面に逃げたと言うのだ？」

ベイナードはレオルドがどのようにして地面に隠れたのか気になって問いかける。

レオルドは空を飛んでベイナードへと近づいていた。そのような状態から、どのようにして地面へと逃げたのか誰もが気になるところだった。

「教えると思います？」

「くくっ。そうだな。敵に手の内を晒すような真似はしないな！」

当たり前の事を言うレオルドにベイナードは笑う。

（まあ、グレーゾーンではあるが障壁を足場にして地面に方向転換。そして土魔法で穴掘って逃げただけなんだけどな！）

闘技大会のルールでは魔法障壁、物理障壁は禁止である。だが、この場合は審議が難しい。

攻撃を防ぐ為に使用したなら反則負けであるが、レオルドが使ったのはあくまで補助的なものである。

非常に怪しいが誰もその事を追及しないので今回は目を瞑ろう。

レオルドはいつの間にか足元に転がっていた剣を拾う。この剣はレオルドが手放した剣であり、ベイナードが奪っていたが必要がないので捨てられていたのだ。

「さあ、仕切り直しです！」

剣を構えたレオルドは走り出す。ベイナードへ向かって跳躍して剣を振り下ろした。

ガギンッと二人の剣がぶつかり合い火花を散らす。体重をかけて押し込むレオルドだったが、ベイナードに振り払われてしまう。

後方へと着地するレオルドは性懲りもなく突撃する。無謀な突撃ばかりにベイナードは疑問を抱く。

（何を考えている？　闇雲に向かってくるだけでは勝てないことくらい理解しているだろう……）

また地面を沼地に変えて体勢を崩す算段かと思われたが、ベイナードが足を後ろに下げた次の瞬間足場が崩れ去る。

思わぬ出来事にベイナードは対応が遅れた。ガクンと体勢が崩れたところをレオルドに斬りつけられる。

「……!?」

すぐさま、体勢を整えてレオルドを引き離すベイナードが先程までいたところを確認すると、そこには足を取られるぐらいの小さな落とし穴が出来ていた。

レオルドが仕掛けていた様子はなかった。ならば、いつこの落とし穴は作られたのかとベイナードは考える。

（まさか……！　地面に潜っていた、あの時か！）

答えが分かったベイナードはレオルドに顔を向ける。そこには、見事に作戦が決まったようにニヤついているレオルドがいた。

（なるほど。最初から俺をここに誘導するように突撃を繰り返していたのか）

あの無謀とも言える突撃の数々はこの為だったかと理解したベイナードは素直にレオルドを称賛する。

「見事だ。しかし、まだ腕輪は壊れておらんぞ」

その通りである。腕輪を壊さない限り、勝利とは言えない。

やっと一撃を叩き込めたレオルドは気を引き締め直して剣を構えた。

すうっとレオルドは息を吸う。

そして、剣を強く握りしめたまま、ベイナードに向かって一気に距離を詰める。

お互いに剣が届く距離まで近付き、レオルドとベイナードは剣を交える。

金属のぶつかり合う音が闘技場に鳴り響くと同時に衝撃波が観客席を襲う。

だが、衝撃波は結界によって打ち消された。

何度も何度も二人は剣を振るい斬り結ぶ。常人では到底追い切れぬ程の応酬を繰り広げる二人に観客は熱狂する。

観客からは拮抗しているように見えていたが、実際は違う。

レオルドの剣はベイナードに完全に見切られていた。観客には分からないがレオルドは苦戦している。

しかし、ここで逃げて魔法に切り替えてもベイナードには通じない。

その事を誰よりも理解しているレオルドは如何にしてベイナードに勝とうかと思案する。

（くっ……このままじゃ負ける）

分かってはいても打つ手が思い浮かばない。先程のような小細工は、もう通じる事はないだろう。

ベイナードとレオルドでは経験の差がありすぎる。先程は上手くいったが次も上手くいく保証などない。

ならば、純粋に実力で上回るしかない。

それしか方法はないのだが、あまりにも難しい。

レオルドが唯一勝てるのは魔法のみである。

しかし、その魔法もベイナードには通じない。当たれば勝機はあるのだろうが、戦い慣れているベイナードに魔法を当てるのは困難を極める。

ベイナードに魔法を当てるには意表をつくしかないのだ。

言うのは簡単だが、実行するのは難しい。

とはいえ、それ以外に勝つ道はない。難しいかもしれないがレオルドは勝つ為にやるしかないのだ。

剣を交えている所にレオルドは詠唱を行う。

「天候満ちる時、其は顕現せん」

レオルドが剣を振るいながら、詠唱を始めたのを聞いたベイナードは魔法を撃たせない為に攻める手を激しくする。

レオルドはベイナードの攻撃が激しくなったのを痛感した。

（詠唱をさせない気か！　まあ、そうくるよな！　でも、そっちは囮だ！）

強力な魔法だとばかり思っていたベイナードは自身の足元に亀裂が入るのを確認する。

どうやら、レオルドは詠唱を囮に使っていたようだと、ベイナードは理解した。

（こちらが本命か！）

足元の亀裂を避けてベイナードはレオルドに向かって踏み込む。

（かかったな！）

それがレオルドの狙いであった。亀裂はわざと分かるように入れており、別の場所へレオルドは魔法を仕掛けていた。

まんまとベイナードはレオルドの策略に嵌ってしまい、土魔法で作られた落とし穴に足を取られてしまう。

ベイナードの体勢が崩れた瞬間、レオルドが反撃に出る。

いけると確信したレオルドだったが、ベイナードは崩れた体勢ながらも攻撃を捌き切った。

（ここまでやってもまだ届かないか！　いいや！　まだだっ！　まだ、俺はやれるだろう！！！）

無動作から慣れ親しんだ魔法をレオルドは無詠唱で発動する。

水で出来た小さな槍が宙に四本浮かび、ベイナードへと放たれる。

それらを避けるベイナードにレオルドは間合いを詰めて斬りかかる。

自分の魔法に当たるのではと誰もが思うだろう。

だが、己が得意とする魔法を間抜けにも操作出来ない馬鹿はいない。

レオルドは剣を振るいながらも魔法(アクアスピア)を操作してみせた。

「ぬぅっ……!?」

剣と魔法の二つを同時に操るレオルドにベイナードは唸(うな)り声(ごえ)を上げる。

これほどまでの芸当が出来る者は今まで戦った敵にはいなかった。

ベイナードは驚愕(きょうがく)と歓喜が混ざり合った感情に支配される。

(が……くそ！　集中しろ！　ほんの一瞬でも気を抜けば魔法が維持できねえ！)

一方でレオルドも剣と魔法の同時使用に頭痛を起こしていた。膨大な情報量を処理しなければならないからだ。

剣を無闇に振るうのではなく、ベイナードにどのようにして当てるか。魔法をどのようにして操作すれば当たるか。

そして、どのように立ち回ればいいのかを必死に脳を回転させて考えていたのだ。

片方だけなら簡単だ。しかし、レオルドが今やっている事は非常に難しい。

片手で剣を、片手で魔法を。

言葉にすれば一見簡単なようには思えるが、やってみると困難極まりない。

一度に複数の物事を出来る並列思考の持ち主ならば可能かもしれないが、生憎レオルドにそのような技能はない。ただ、必死に鍛錬を積んだ成果に過ぎない。

（ぐ……お!?）

途切れそうになる集中をレオルドは懸命に維持する。

縦横無尽に魔法を動かしてベイナードに当てようとするが、中々当たらない。

剣を防ぎ、魔法を避けるベイナードは見事としか言えない。

迫りくる二つの攻撃を初見で対応する、そのセンスには舌を巻くことだろう。

（くそったれが！　どんだけだよ、ちくしょうめ！）

レオルドはベイナードの強さに感心しながらも、あまりにも理不尽な強さに腹を立てていた。

心身ともに削られていくレオルドは、覚悟を決める。最早、残る手は一つしかないと。

魔法を維持しながらレオルドは土魔法を発動させた。

「なっ……にぃ!?」

突然、足元が不安定になるベイナードはレオルドが二つの魔法を同時に使用した事を理解して、驚きの声を上げる。

魔法だけでなく、レオルドが持つ剣に加えて足元まで注意を払わなければならなくなったベイナード。

まるで複数の敵に囲まれているかのような錯覚にベイナードは陥る。

しかし、それら全てをたった一人で成しているレオルドに感服していた。

（まさか、まさかだな！　ここまでやれる人間が存在しようとは！！！）

それでもレオルドの力はベイナードに届かない。

足元が不安定だからどうしたと言うのだ。四方八方から魔法が飛んで来ようが関係ない。

幾度となくベイナードは経験してきたのだ。多くの敵に囲まれながら戦うという事を。

（惜しいな、レオルド。俺でなければ勝てたかもしれないだろうに！）

残念であるが、ベイナードは決着をつけようとレオルドの攻撃を全て潜り抜ける。

迫り来るベイナードにレオルドは目を見開く。

（全部避けただと!?　不味い！　避けきれない！）

容赦なくベイナードの大剣が振るわれ、レオルドに迫る。

迫り来る大剣を見つめながらレオルドは今まで積んで来た鍛錬の日々を思い出す。

その日々は決して楽なものではなかった。

辛く、厳しい鍛錬には何度も逃げ出したいと心の中で弱音を吐いたこともある。

それでも、頑張ってこられたのはどうしようもない屑だった自分を信じて支えてきてくれた人達がいたから。

だから、応えたい。彼らと積み重ねてきた日々は決して無駄なことではなかったのだと。

（こんな所で終わるのか？　こんな所で終わっていいのか？　嫌だ……そんなのは嫌だ！断じて認めるものかよ！！！　ギルバートやバルバロト、シャルロット達と積んで来た鍛錬はこんな所で終わるものじゃない！）

　カッと目を見開き、レオルドは自身の足元に落とし穴を作って無理矢理大剣を避ける。だが、それはその場凌ぎに過ぎない。ベイナードが大剣を巧みに動かしてレオルドを斬り伏せにかかる。

「ぐっ、あああああああっ！」

崩れた体勢のレオルドは身体を強引に曲げてベイナードが振り下ろした大剣の横っ腹を殴りつけて逸らす事に成功した。

　それすらも時間稼ぎにしかならない。でも、それでいい。レオルドは賭けに出た。一か八かの大勝負。最後は運に頼るのみ。

「イーラガイアッッッ！！！」

紡ぐ魔法名は土魔法の一つ。運命48では敵味方関係なく広範囲に大ダメージを与える魔法。

　レオルドが魔法名を唱えた後、地震のように大地が揺れ動き、地面にヒビが走った瞬間に吹き飛んだ。文字通り、地面が吹き飛んだのだ。

当然、レオルドもベイナードも関係なく吹き飛び、上空に打ち上げられる。

「ぐあっ！！！」

「ぐうっ!!」

吹き飛んだ両者の腕輪はまだ壊れない。

しかし、両者共にこれまでのダメージが蓄積されていたようで腕輪がピシリとヒビ割れた。

足場のない上空へと打ち上げられた二人は、互いの腕輪がもたないと知り、最後の攻勢に出る。

レオルドは最も速く最も威力の高い雷魔法を選ぶ。

「雷光よ！　刃となりて我が敵を切り裂け！　トニトルギス！！！」

雷光が迸り、レオルドの背後に雷の剣が浮かび上がる。

レオルドが手を振り下ろした事により雷の剣はベイナードへ放たれる。

対するベイナードは避ける事は不可能と判断して、大剣をレオルドへと振り下ろす。

肉を切らせて骨を断つという言葉通りの戦法を見せつけた。

両者互いに攻撃を受けて地面に激突する。

土煙が舞い上がり二人の姿を包み隠す。観客はどちらが勝ったのかと、息を呑んで土煙が晴れるのを待った。

そして、土煙が晴れる。

滅茶苦茶になった闘技場に立っていたのはベイナードで、その傍に倒れ伏すレオルドの姿が観客の目に飛び込んできた。

瞬間、歓声が上がる。

激闘を制したのはベイナードだったことに。

やはり、騎士団長は強かったと多くの観客が盛り上がる。

その時、ベイナードが腕輪をつけていた腕を空に伸ばす。

まるで真の勝者は別であると言わんばかりに腕輪が割れて地面に落ちた。

「え？」

誰かが戸惑いの声を上げた。立っているのは間違いなくベイナードで、倒れているのはレオルドの方だ。

これは揺るぎ無い事実である。

しかし、闘技大会のルールでは腕輪が壊れた方が負けなのだ。

ということはベイナードの負けとなる。

丁度いいタイミングでレオルドが起き上がる。フラフラと覚束ない足元に大丈夫なのかと心配してしまいそうになるが、最後はしっかりと地面を踏みしめて立ち上がった。

「レオルド。お前の勝ちだ」

「へ？」

状況が飲み込めないレオルドにベイナードは砕けて壊れた腕輪を見せる。

「こ、これは……？」

「俺がつけていた腕輪だ。お前の方も壊れかけているが、まだ壊れていない。だから、レオルド。お前の勝ちだ」

勝ち、そう言われてもレオルドには理解できなかった。なにせ、実力では確かに負けていた。

最後など、一か八かの博打に賭け。これを勝利と呼べるのだろうかとレオルドは納得できなかった。

「お、俺は――」

「運も実力の内だ。お前は確かに負けていたかもしれない。それでも、お前は諦めることなく最後まで戦い抜いて、勝利をもぎ取ったのだ。たとえ、それが運任せであろうとも勝ちは勝ちだ。ならば、胸を張れ。上を見ろ。お前の勝利を信じていた者がいるだろう？」

背中を押されてレオルドはフラつきながらも上を見る。多くの観客がいる中、家族がいる場所を捜して見つける。

そこには確かにレオルドの勝利を信じて疑わなかった者達がいた。

最愛の家族、信頼している仲間達。皆が見てくれていた。

過程は大事だ。でも、今は今だけは結果を喜ぶべきであろう。

決して優雅でも鮮やかでも劇的でもないが、レオルドは勝ったのだ。あのベイナードに。

ならば、やるべき事は一つ。

「うぉぉぉおおおおおおおおおっ！！！」

それは勝利の咆哮であった。天高く突き上げたレオルドの腕には鈍く光る腕輪がある。

それは勝者の証。闘技大会が決めたルールで勝利を決める腕輪であった。

審判を務めていた者が声高らかに宣言する。

「一回戦第一試合、勝者レオルド・ハーヴェスト！」

勝者の名を告げたのだった。

闘技場は熱狂の嵐に包まれる。まさか、まさかのどんでん返しに観客の熱は止まない。

まさに大金星である。騎士団長のベイナードにレオルドが勝ったのは奇跡と言えよう。

実際、レオルドが勝てたのは奇跡と言える。

それはベイナードが意図してやったわけではないが、レオルドに比べてベイナードは防御に回っていた。だからこそ、レオルドは勝てたのだ。

ベイナードがもしも防御ではなく回避に専念していたならレオルドは負けていたのだ。

だから、本当に運が良かっただけである。

とはいえだ、そこまで追い込んだのは間違いなくレオルドの実力。称賛されるべきものだ。

ベイナードに勝利したレオルドは次の戦いへと駒を進める。二回戦は明日なのでレオルドは休む事が出来る。

休めると分かったレオルドは一旦医務室へと向かい、身体を確かめてもらった。

打撲痕があったり、骨にヒビが入っていたりと酷(ひど)かったが回復魔法を掛けてもらい完治した。

その後、医務室を出てレオルドは対戦相手であったベイナードを捜す。

レオルドがベイナードを捜している頃、ベイナードは控え室にいたリヒトーを連れて外にいた。

「すまないな。お前と戦えるのを楽しみにしていたのに」

「いえ、構いませんよ。まさか、ベイナード団長が負けるなんて予想もしてませんでしたからね。確かに彼は強いですけど、まだ僕らには及ばないと思っていたのですが……」

「うむ。まあ、俺がレオルドの力を確かめてみたいというのもあったからな。だからと言って、それを言い訳にはしない。あの勝利は間違いなくレオルドのものだ」

「たとえ、運任せでもそれを手繰り寄せたのはレオルドだということですか?」

「ああ、そうだ。俺が回避に専念していたならという仮定など考えるだけ無駄だ。あるのは事実のみ。レオルドが勝ち、俺が負けたという結果だけだ」

「なるほど。そうですか」

「それでお前はどう見る？」

「何か予測も出来ない事が起きない限りは、間違いなくレオルドが勝ち進んでくるでしょうね」

「ふ、やはりそう思うか」

「ええ。まあ、若い子なら他にもジークフリートという子はいますが……運よく勝ち上がっても二回戦で当たるレオルドには負けるでしょう」

二人の意見は一致していた。客観的に見てジークフリートの強さはレオルドに及ばない。一回戦の相手には勝てるかもしれないという評価で、二回戦で当たるレオルドには勝てないという認識だ。

ただ、レオルドのようなどんでん返しがない訳でもない。

なにせ、腕輪を破壊したり、十秒ダウンを奪えば勝ちなのが闘技大会である。

その後、二人は闘技場の中へと戻り、ベイナードを捜し回っていたレオルドと合流する。

「やっと見つけましたよ。ベイナード団長」

「ん？　俺を捜していたのか？　それは悪いことをしてしまったな！」

「いえ、構いませんよ。それよりも、リヒトーさんと何かあったんですか？」

レオルドはベイナードと一緒にいたリヒトーについて尋ねる。

「少しばかり話をしていてな。控え室では出来ないから外へ出ていたんだ」

「ああ、そういうことですか」

「レオルド。ベイナード団長に用事があって捜してたんじゃないのかい？」

　リヒトーに言われてレオルドは当初の予定を思い出す。

「あ、そうでした。あの、こんなこと聞くのはどうかと思うんですけど、ベイナード団長はもしかして私に花を持たせようと――あいたぁっ!?」

　ベイナードはレオルドがふざけた事を言い出したので、ついつい手が出てしまう。ゴンッという音が鳴り響き、レオルドは拳骨を落とされた頭を押さえる。

「はあ～……いいか、レオルド？　俺はお前にわざと負けた訳じゃない」

「え、でも――」

「レオルド。ベイナード団長は確かに君に負けたんだよ。それは決して君に花を持たせる為に手加減したとかじゃない。今回はルールがありきの勝負だからね。よく考えてごらん。ベイナード団長は君の攻撃を防いだり、受け流す事が多かったでしょ？」

　リヒトーの説明を聞いて、確かにその通りだとレオルドは思う。試合中は無我夢中で気にしていなかったが、思い出してみればベイナードは序盤は守りに徹していた。

「あっ、もしかして腕輪の耐久値が少しずつ削れてたってことですか！」

「うん。その通りだよ」

「ああ、だから、勝てたんですね～」

ようやく納得したレオルドにベイナードが呆れたように話しかける。

「レオルド。お前、自分の力じゃないと思っているだろう？　それは違うぞ。お前の実力が本物だったからこそ俺は負けたのだ。だから、レオルド。もっと自信を持て！」

「は……はい！」

それでいい、と豪快に笑った後ベイナードはレオルドの背中を叩いた。

それから三人は闘技場の中へと戻っていく。

そして、三人が戻った時、一回戦第二試合が始まるのだった。

第二試合が始まってからレオルドは二人と別れて、家族の下へと向かう。

その際に、係員へ事情を説明してから控え室を出て行く。

別に出場選手は必ず控え室にいなければいけないというようなこともないのだが、試合開始時間にいなければ失格だったりする。

楽しみにしている観客を待たせるわけにもいかないし、他の試合もあるので対戦相手が来るまで待つわけにもいかない。

ただし、決勝戦だけは別枠だったりする。

それにレオルドはもう試合が終わっているので、明日の二回戦までは自由である。

だから、係員に言わなくても良かったのだが知らなかったので仕方がない。

そういうわけでレオルドは家族の下へと向かうのであった。

闘技場の中でも限られた人しか入れない貴賓席へとレオルドは向かい、そこにいた家族と応援に駆けつけた仲間達と再会する。

「みん――」

「レオ兄さんっ！！！」

「ゲフゥッ!?」

第一声を紡ぐ前にレオルドの呼びかけはレイラのタックルにより中断されてしまう。

しかし、そこはレオルド。ベイナードに勝った偉大な兄として妹の強烈な抱擁を見事に受け止めた。

「すごいわ、レオ兄さん！　あのベイナード団長を倒すなんて！」

先程の試合を見て興奮状態のレイラはキラキラとした目でレオルドを見上げる。胸元から見上げてくるレイラの頭を優しくなでながら微笑んだ。

「ああ。ありがとう」

レオルドはそう言ってからレイラを引き離す。レイラを引き離していると、他の家族も近寄ってくる。いつの間にか囲まれたレオルドは家族の顔を見回す。

「よくやったな、レオルド。本当にお前はよくやった」

「ありがとうございます、父上」

ベルーガは心の底からレオルドのことを褒めた。

先程の試合の全容は分かっていなかったが、それでもレオルドがこれまで努力を積み重ねてきたものだということは十分に理解できたベルーガは一切の邪念なく褒めたのである。

「レオルド！　貴方は本当に自慢の息子よ！」

レイラとは違いレオルドを自身の胸の中に抱きしめるオリビア。

突然、抱きしめられたレオルドは顔面から母親の胸に突っ込む。

真正面から抱きしめられたので、鼻と口を塞がれたレオルドは息が出来なくて苦しんでいた。

酸欠でいよいよ天に召されるかもしれないと感じたレオルドはオリビアの手を叩いて伝えようとするが、先程の試合で息子の勇姿を目にして興奮が止まないといった様子で気が付かない。

よもや、ここに敵がいようとは思いもしなかっただろう。

もしや、ジークフリートを勝たせる為に世界がオリビアを使ってレオルドを殺しに来たのか。なんてことはない。

レオルドが苦しんでいるのを知ったベルーガが慌ててオリビアを引き剥がす。

「オリビア！　このままではレオルドが死ぬぞ！」

「ええっ!?　あっ、ごめんなさい、レオルド！　大丈夫!?」

やっと解放されたレオルドは息を整える。

「ハアハア……だ、大丈夫ですよ、母上。俺はこの程度では死にませんから」

どの口が言っているのだろうか。先程、確かに死にかけていたというのに。

やはり、男とは見栄(みえ)を張る生き物だということか。

「そ、そう？　でも、すごく苦しそうだけど？」

「問題ありません。ご安心を」

キリッと決め顔を見せるレオルドに他の者達は感心していた。母親を心配させまいと見栄を張るレオルドに一同内心拍手を送っている。

懸命にレオルドがオリビアを心配させまいと気丈に振る舞っている所へレグルスが声をかける。

「兄さん。一回戦突破おめでとうございます」

「ああ、ありがとな」

「それにしても、やっぱり兄さんは強いですね。あのベイナード団長を打ち破るとは」

「まあ、運もあったがな。だが、鍛錬の賜物(たまもの)でもある」

「この勢いなら、優勝できそうですね！」

「どうだろうか。決勝には間違いなくリヒトーさんが来るだろうし、それに二回戦を勝たないといけないしな」

そう言ってレオルドは窓の方へと歩き、第二試合を眺める。そこには、レオルドと因縁の深い男が戦っている光景が映った。

闘技大会、一回戦第二試合ではジークフリートが戦っている。相手も予選を突破した猛者であるのでジークフリートは苦戦を強いられていた。

「くっ……！」

「そらそらっ！」

対戦相手はジークフリートに槍を連続で突き出していた。

この対戦相手は第一試合を観戦していて、いかに相手にダメージを与えるかが重要だということに気がついていた。

たとえ、一撃のダメージが少ないとしてもレオルドのように格上相手にも通じることがわかったので、ジークフリートの対戦相手はとにかく攻めるのであった。

苦戦している姿を見てレオルドは悔しそうに歯ぎしりをしてしまう。ギリッと奥歯を噛み締めるレオルドは、忌々しそうにジークフリートを見つめ呟く。

「何をやっているんだよ、主人公！」

そんなレオルドの気持ちなど届くことはなく、試合はジークフリートが劣勢のまま進んでいく。

観戦しているレオルドの横へシャルロットが近づき、誰にも聞かれないように防音結界を張って声をかける。

「彼がそうなの？」

「ああ。今押されてる方だ」

「ほんとに？　信じられないんだけど」

「……だろうな。俺ですらそう思う」

「レオルド。やっぱり、貴方の考えすぎなんじゃない？」

「そうかもしれん。でも、俺は……アイツなら勝つと信じている」

「そう。貴方がそう言うのなら私は何も言わないわ……」

静かに、ただ静かにレオルドは試合の行く末を見守った。

ジークフリートが戦っている第二試合はいまいち盛り上がりに欠けていた。

それも仕方がないことだろう。第一試合があまりにも派手すぎた。

レオルドとベイナードの戦いは、観客からすれば決勝戦といってもおかしくないほどの激闘であった。

第二試合は申し訳ないが物足りないのだ。

そのせいか観客の態度は悪いものに変わる。

「さっきと比べるとつまらねえな～。早く終われよ」

「だよな～。もう見てて盛り上がらねえよ」

一部の観客は熱が冷めており、第二試合を見ようとはしていなかった。

むしろ、早く終わってほしいと言う者まで出る始末だ。

その声はジークフリートを応援に来ていたヒロイン達に届いていた。

ヒロイン達は何も知らない観客に怒りを覚えるが、騒ぎを起こしてジークフリートの迷惑になってはいけないと必死に我慢した。

空気を変えようとヒロイン達が声援をジークフリートに送る。周囲にいた観客は声援を送るヒロイン達を見て、モテるんだなと呑気なことを考えていた。

一方で声援が届いたのかジークフリートが一転して攻め始めた。槍使いの対戦相手にジークフリートが攻勢に出る。

「おおおおおっ！！！」

「くっ！　舐めんな！」

叫び声をあげながらジークフリートは槍使いを壁際に追い詰めていく。どんどん後ろへと下がる槍使いは背中が壁についてしまう。

壁にまで追い込まれた槍使いは、冷や汗を流しており、どのようにしてこの状況を切り抜けようかと思案する。

しかし、槍使いの考えは砕け散ることになる。ジークフリートの強さが増したのだ。剣を振る速度が上がり、一撃に重みが増した。

いきなりのことで動揺した槍使いだが、予選を突破した実力は伊達ではない。巧みに剣を受け流して壁際から脱出する。

壁際から脱出した槍使いは体勢を整えてジークフリートへと向かう。力強く踏み込んで槍を突き出すが、ジークフリートは剣で槍を受け流して槍使いの間合いに侵入する。

槍使いは急いで槍を引き戻すが、それよりも早くジークフリートが剣を振るい槍使いを斬った。

「があっ！」

腕輪の結界に守られているので本当に斬られることはないが衝撃は伝わる。肩から腰に掛けてまで斬られた槍使いは斬られた箇所を押さえながらジークフリートから距離を取った。

「ハア……ハア……くそったれ……っ！」

息を切らしながら槍使いは悪態をつく。そこへ一気に畳み掛けるようにジークフリートが迫る。

槍使いは息を整える暇もなく槍を構える。距離を詰めてきたジークフリートが剣を振るい、槍使いは剣を受け止める。

「く……っ！」

「うおおおおっ！」

この勢いのままジークフリートが勝負を決めようと力を込める。だが、槍使いも負けじとジークフリートの剣を押し返す。

拮抗する二人だったが、槍使いが蹴りを放ちジークフリートをふっ飛ばす。

「うぐぅっ……！」

蹴り飛ばされてジークフリートはゴロゴロと地面を転がる。そこに槍使いは駆け寄り、槍を叩きつける。

倒れていたジークフリートは迫りくる槍を横に転がって避けた。

なんとか槍使いの追撃を避けたが、状況は悪いまま。ジークフリートは立ち上がろうとするが、そこへ槍使いが阻止しようと追撃を仕掛ける。

ジークフリートは不十分な体勢のまま槍使いの攻撃を受ける事になる。必死に防ぐが、やはり体勢が不十分なジークフリートは劣勢を強いられた。

槍使いの槍は少しずつジークフリートの耐久値を削っていく。このままいけばレオルドが戦う二回戦の相手は槍使いで決まりだ。

「ぐ……う……ここで負けるわけにはいかないんだーっ！」

劣勢だったはずのジークフリートが槍を弾き返した。勢いよく弾かれた槍使いは仰け反ってしまい、体勢を崩してしまう。その隙にジークフリートが体勢を整えて槍使いに打って出る。

「ここだ――っっっ！！！」

連続の斬撃を槍使いに浴びせて、最後に火属性の魔法を叩きつける。

「うわあああああっ!?」

怒濤の攻撃に槍使いは叫び声をあげて吹き飛んで壁に激突する。そのままズルズルと地面に倒れると、腕輪が砕け散った。

腕輪が砕け散ったのを確認した審判が高らかに勝者の名前を口にする。

「一回戦第二試合勝者ジークフリート・ゼクシア!」

その言葉に観客席にいたヒロイン達が飛び跳ねるように喜んでいる。そして、闘技場にいるジークフリートは勝ったことで安心したのか、その場に腰を下ろしてしまう。

「か、勝てた……?」

座り込んでいるジークフリートの腕輪は今にも壊れそうであった。

恐らくだが、僅差で勝利したのだろう。

もし、あそこで逆転出来ていなければジークフリートが負けていたかもしれない。

そんなことはさておき、ジークフリートが勝利したので二回戦はレオルド対ジークフリートとなった。

ついに、二年の時を経て二人は相対することになる。

果たして、世界はどのように進んでいくのか。

レオルドとジークフリートが戦うことによって運命はどう変わるのか。

それはまだ誰にもわからない。全ては明日決まるかもしれない。

一回戦第二試合が終了し、ジークフリートは控え室へと戻る。

かなりの苦戦を強いられたのでジークフリートは疲労困憊であった。

控え室に戻ったジークフリートは用意されていた椅子に座り、体力の回復に努める。

ある程度の体力が回復したら、ジークフリートは今日の試合は終わりということを聞いて応援に来てくれている友達の元へと向かうことにした。

控え室を出て、ジークフリートは貴賓席へと向かう。ヒロインの一人である王女ことクリスティーナが友達の分まで席を用意していたのだ。

ジークフリートと関わりの深い女性は身分問わず貴賓席に移動していた。

一応、男友達のロイスとフレッドもいる。ただ、その二人以外は女性ばかりなので居心地が悪い二人は隅っこの方でひっそりと息を潜めていた。

「う～ん。来ると思うか？」

「いや、来るだろ。今日の試合は終わったし、もう後は見てるだけでいいんだから」

ロイスが話しかけてフレッドが無難に答える。二人が隅の方でこっそり話を続けていたら、ジークフリートが現れる。

主役の登場により、女性陣がジークフリートを囲む。そして、一人一人が勝利を称える。もみくちゃにされたジークフリートは隅っこにいた二人の元へと近づく。

「よ、お疲れさん」

「一回戦突破おめでとう」

二人はありきたりな言葉で称えながら、片手をあげて友を褒める。そんな二人を見て
ジークフリートは笑い、ハイタッチを交わしてパンッと乾いた音が鳴り響いた。

その様子を見ていたクラリスはどうしようかと迷っていた。ジークフリートが次に戦う
相手は因縁のレオルド。

闘技大会に出る切っ掛けとなり、いずれは向き合わなければならない相手。

それは、なにもジークフリートだけではない。クラリスもだ。

今回、闘技大会がどういう結末を迎えようともクラリスはレオルドと対面することを望
んでいる。

まだ会うのは怖いが、ジークフリートが一緒にいてくれるので不安はない。

それに今のレオルドなら、たとえ一人で会ったとしても問題はないだろう。

話しかけようかと迷っているクラリスに気が付いたジークフリートは近づいて話しかけ
る。

「どうした、クラリス?」

「あ、えっと……その次の相手は……」

「……ああ、分かってる。明日の試合が終わったら一緒に会おうか」

「う、うん！」

伝えたいことは言わなくても分かってくれていたジークフリートにクラリスは笑顔で頷(うなず)く。

その後、ジークフリートは応援に来てくれていた友達と試合を観戦することになった。

全ての試合が終わり、二回戦の出場者が決まる。

明日の試合は逆から始まり、ジークフリートとレオルドは第四試合となった。

いよいよ、二人が再会する日が訪れる。

翌日、レオルドは貴賓席から試合を眺めており、二回戦第一試合を観(み)ていた。

第一試合からリヒトーの戦いを見て、レオルドはゾクゾクと震える。

（さすがだな。王国最強は伊達じゃないか）

先程の試合をどれだけの人間が理解出来たのだろうかとレオルドは苦笑いを浮かべる。

恐らく、自分を含めても二桁はいっていないだろうと予測したレオルドは、王国最強の強さに呆(あき)れながらも、闘志を燃やす。

（いずれ超える。いいや、超えなければならない）

そう、レオルドはリヒトーに勝てないようでは運命に打ち勝つことなど出来はしないと思っている。だからこそ、やる気に満ち溢れる。

いつか、きっと超えてみせると。

それから、第二試合も終わったのでレオルドは試合の準備の為、控え室へと向かう。

控え室に着くと、レオルドは係員から貰っていた新しい腕輪を取り付ける。

軽い運動をして身体をほぐしながら、レオルドは自分の出番を待つ。

丁度、休憩がてらに水を飲んでいると歓声が聞こえてくる。どうやら、第三試合が終わったようだ。

レオルドは控え室にいたジークフリートの方をチラリと見て、呼んでいる係員の下へと向かう。

二人が揃ったのを確認した係員は、二人を連れて試合会場へと向かった。

道中、二人の間に会話はなかったが試合会場に入る直前にジークフリートがレオルドに話しかける。

「レオルド。この試合が終わったら話がある」

「お前がか?」

「いいや。クラリスがだ」

「そう……か」

「す、すまん！　試合前に余計なことを言って」

ジークフリートはレオルドが陰りのある顔をして俯くものだから慌てて謝る。

そんなジークフリートを見てレオルドはクスリと笑う。

（ああ、そういう奴だよな。お前は……）

レオルドはジークフリートの運命48の時と変わらない性格が嬉しくて喜んでいた。

ジークフリートとは確かに決闘をしたが、そこに恨みや憎しみといった感情はなかった。

勿論、気に食わないという気持ちはレオルドにはあったが、今はそんなことはない。

あの時は、ジークフリートに邪魔をされたから決闘を申し込んだのであって今となっては暴走を止めてくれてありがとうと言いたいくらいだ。

そして、ジークフリートの方はレオルドに対してこれといった特別な感情は持ち合わせていない。

クラリスが襲われた時は怒りに身を任せて殴ったりしたが、レオルドに対して憎しみや恨みなどなにもない。

だからこそ、ジークフリートは純粋に変わった今のレオルドと話がしてみたかったのだ。

もしかしたら、友達とはいかないがある程度の関係を築けるのではないかと思っていた。

試合会場の真ん中に歩いていくレオルドとジークフリート。二人は互いに向き合い、剣を構える。

「なんと言えばいいのだろうな……上手く言葉が見つからん」

　レオルドは二年ぶりに向き合う因縁の相手に対して何を言えばいいのかと悩んだ挙句の果てに、おかしなことを口走ってしまう。

　それを聞いたジークフリートは何を言っているのかわからない顔をして首を捻(ひね)っている。

　そんなジークフリートを見てレオルドは呆れたように笑う。

「ふっ……ははは。すまんな。おかしなことを言って。まあ、なんだ。お互いにベストを尽くそう」

「っ……ああ！　本気で行くぞ！」

　試合開始の銅鑼(どら)が鳴り響き、二人は同時に駆け出して剣を交じわらせる。

　戦いの火蓋は切られた。

　運命48で運命に選ばれ世界に愛された主人公と、運命に翻弄され世界に見放されたかませ犬の戦いが今ここに始まる。

　剣を一合、二合、三合と斬り結んだ二人は一度離れる。

　たったそれだけであったがレオルドはジークフリートの技量を見切り終わった。

　元々、試合を見ていた時から薄々思っていたが、ジークフリートは弱い。

（そっか。そうだよな。ここは現実なんだ。ジークはプレイヤーによって操られているキャラじゃない。自分で考えて自分で行動して、確かな意思を持っているんだ。その根幹には制作陣(かみさま)の作った性格が反映されてるんだろうけど……でも、確かにジークは生きてい

る。当然か……。まあ、今は余計な事を考える時じゃない。ただ、どうやってジークを倒そうか）

　はっきり言ってしまえばレオルドは余裕で勝てる。手加減をしてもだ。

しかし、ジークフリートは恐らくこの時の為に猛特訓をしてきたに違いないと思っているレオルドは悩んでいた。

（あっさり勝ってしまったら、ジークが挫折したりしないだろうか？）

考えすぎである。レオルドは運命48を通してジークフリートの性格を熟知しているのだから、分かるはずなのに、どうして分からないのか。

　それは簡単な事であった。

　難しく考えすぎなのだ。世界の強制力が、原作ではと余計な事を考えすぎなのだ。

　そんな事は考えなくてもいい。そもそも、既にレオルドは自由に生きている。ならば、思う存分自由にやればいい。

　たったそれだけだ。

　でも、レオルドはそれが出来ない。

　真人（まこと）の持つ中途半端な知識が邪魔をしている。冷静に考えれば誰だって分かる事なのに、まさかこのようなことで躓（つまず）くとは予想だに出来なかったであろう。

「はあああっ！」

勇ましい声を上げながらジークフリートがレオルドを攻める。

レオルドは軽くあしらいながら考えていた。どのようにして勝てば一番丸く収まるのだろうかと。

それはジークフリートに対する侮辱である。お互いにベストを尽くそうと自ら発言したのに、手を抜くなど人をバカにするにも程があるだろう。

当然、ジークフリートにも伝わる。レオルドのやる気の無さ、手加減をしている素振り、それらを目の前で見れば、余程の鈍感ではない限りは気がつくだろう。

明らかに手加減をしているレオルドにジークフリートはギリッと奥歯を噛みしめる。

自分は戦うに相応しくないのかと。

自分では相手にすらならないのかと。

(そんなことは分かってる！　今のレオルドは俺なんかよりずっと強い！　でも、でも！こっちを見ろよ！！！)

悔しさと怒りが頂点に達したジークフリートは加速する。油断しているレオルドの隙を見つけたジークフリートはありったけの思いを叫ぶ。

「どこを見てる！！！　今、戦ってるのは俺だろうが！」

ほんの僅かな隙を突いてジークフリートは会心の一撃をレオルドに叩き込んだ。それは、奇しくも二人が決闘をしていた時のようにレオルドの頬をジークフリートが拳で打ち抜いた。

　腕輪による結界が作動しているので直接当たることはないが、確かな衝撃がレオルドの頬に走る。

「ぶひ?」

　口にしたのはいつぶりだろうか。レオルドは昔に戻ったかのように豚の鳴き声を出した。

「ハア……ハア……何を考えてるかは知らないが、今は俺との試合の最中だろうが！　お前、最初に言ったよな！　お互いにベストを尽くそうって！　あれは嘘だったのかよ!?　なあ、どうなんだ！　答えろ、レオルド！！！」

　激昂するジークフリートを茫然と見つめるレオルドは殴られた頬を押さえていた。

（あ、ああ……は、ははははは！　俺は馬鹿だな……！　そうだ、そうだよ！　知っていたはずだ！　ジークがどういう男かを！　俺が心配する必要なんてないだろう！）

　ぐだぐだと余計なことを考えていたレオルドはジークフリートの一撃で吹っ切れる。

　もはや、悩むことはない。ここから先は、何も考えない。

　ただ一つのことを成すだけである。それは全身全霊全力全開でジークフリートを倒すだけだ。

「ふ……はっはははははははは！」

　ニヤつく顔を隠すようにレオルドは高笑いを始める。その様子に会場にいた全ての人が息を呑む。

なぜならば、高笑いをしているレオルドからありえざる魔力の奔流が立ち上っているからだ。

レオルドの魔力が高まり天を衝くように立ち上る。その光景は全ての人を驚愕させた。

「非礼を詫びよう。そして、ありがとう。ジークフリート。お前のおかげで目が覚めた。俺はもう何も迷わない。全身全霊全力全開でお前を倒そう！！！」

嵐のように吹き荒れていた魔力が集束していき、レオルドの身体に収まる。次の瞬間レオルドが剣を構えると、背後に雷で出来た剣が八本浮かび上がる。

「な……！」

驚くジークフリートだがすぐに思考を切り替える。

(驚くな！　アイツが強いのは知っていただろう！　なら、怖気づくな！　俺も全部を出すだけだ！)

力強く剣を握り直してジークフリートはレオルドに目を向ける。その瞳には決して揺らぐことのない炎が宿っていた。

覚醒したレオルドはトントンッと軽く跳ねると弾丸のように飛び出す。そのスピードにジークフリートは度肝を抜かれるが、剣を握り締めてレオルドを迎え撃つ。

眼前に迫っていたレオルドの姿がブレると背後に姿を現した。

全く反応出来ていないジークフリートにレオルドは容赦なく蹴りを叩き込む。

結界で守られているがレオルドの蹴りは強力でジークフリートの身体がくの字に曲がる。

「がっ……!?」

わけも分からずジークフリートは吹き飛ぶ。そのまま、壁に激突するかと思われたがレオルドが先回りしており、飛んできたジークフリートを地面に叩きつける。

顔面を摑まれて地面に叩きつけられるジークフリートはあまりの速さに理解が追いつかない。一体自分は何をされたのかと混乱している。

痛みと衝撃だけが唯一わかるものだった。

（く……全く見えなかった）

摑まれていた顔面を離されたジークフリートはレオルドの強さに呆れながら立ち上がる。

そこには、ご丁寧にも待ってくれていたレオルドがいた。

腕を組み、いつジークフリートが立ち上がるのかをじっと待っていたようだ。

そんなレオルドを見てジークフリートは拳をギュッと握りしめる。

（情けねえ……俺が望んだことじゃねえか！　なのに、レオルドに気を遣わせてどうすんだよ！）

己の不甲斐なさが悔しい、とジークフリートは顔を歪めている。

顔を歪めるのを見たレオルドは、ジークフリートがどういう気持ちなのかを理解する。

かつて、自分も似たような気持ちになったことがあるからレオルドはジークフリートの気持ちが痛いほどに理解できた。

だからこそ、手は抜かない。先程は待ってやったが次は一切の慈悲はない。

確実に勝負を決める為に倒すとレオルドは組んでいた腕を下ろして剣を構えた。

「構えろ、ジーク！！！」

レオルドの声にジークフリートが反応する。声に従うように剣を構える。

剣を構えたジークフリートに向かってレオルドは駆け出す。

今度は見失わないと意気込むジークフリートは向かってくるレオルドを睨みつける。

すると、また眼前でレオルドの姿がブレる。同じ手は喰らわないとジークフリートが背後に振り向くが、そこにはいない。

では、どこにいるかと思えばレオルドは跳躍して上空にいた。そのまま落下する勢いを味方にしてレオルドは剣を叩きつける。

だが、寸前のところでジークフリートは反応した。偶然、足元に映ったレオルドの影に気がついたのだ。間一髪のところでジークフリートは回避に成功する。

危うくまた一撃を貰うところだったと一安心するジークフリートだったが、すぐにその考えは消えることになる。

着地したレオルドが次の瞬間にはジークフリートに剣が届く距離に迫っていた。

「は、はやっ……!?」

「呆けてる暇はないぞ！」

腰を低く落とし下から切り上げるレオルドにジークフリートは為す術もない。そのまま、斬られて打ち上げられるジークフリートは息を吐く。

「がは……っ！」

打ち上げられて無防備なところにレオルドは剣を振り下ろす。まともに斬撃を受けたジークフリートは倒れてしまう。

レオルドはこれ以上の追撃は必要ないと判断して剣を収める。

「これはいらなかったな……」

背後に浮かんでいる雷の剣は無駄に終わってしまい、レオルドは少々残念に思いながらも消した。

後は、十秒待つだけだ。そうすれば、勝敗は決してレオルドは先へ進むことが出来る。

最後にレオルドは倒れているジークフリートを一瞥すると出口に向かって歩き出す。

もう立ち上がることはないだろうと見切りをつけて。

試合を見ていた観客達もレオルドの圧勝で終わりだと確信していた。やはり、ベイナードに勝った男は伊達じゃないと息を呑む。

しかし、まだジークフリートが勝つと信じている者達はいる。それは、もちろん彼女達だ。誰もが思っている。

　ジークフリートが立ち上がり、レオルドに勝利すると。

　そんなものは幻想に過ぎない。都合のいい願望だ。奇跡でも起きない限りジークフリートが、再び立ち上がりレオルドに立ち向かうことなどあるはずがない。

　彼女達は必死に声援を送るがジークフリートは立ち上がらない。

　残り一秒となり、もはやここまでかと思われた時、会場にいた全ての人が驚きに目を見開く。

「待てよ……どこに行くんだ」

「驚いた。まだ立ち上がるか……」

　完全に終わったと思っていた。もう立ち上がることはないだろうと分かっていた。

　しかし、どうだ。ジークフリートはレオルドの想像を超えて立ち上がった。

　驚くべきことではあるが、同時に嬉しくもあった。

　現実でもジークフリートは変わらなかったことにレオルドは歓喜する。

「ふ、ふふふ。いいぞ。掛かって来い！　主人公！」

　見せてくれ、お前の全てを。

　そう願い、レオルドはジークフリートに振り向く。

　完膚なきまでに叩き潰したはずだった。それでも、ジークフリートは立ち上がった。

それは、英雄の資質と言っていいかもしれない。誰にだって出来ることだが実際に出来る者は少ないだろう。

なにせ、レオルドの圧倒的な力を見て再び立ち上がり、立ち向かおうなどと思えるはずがない。

しかし、ジークフリートは立ち上がった。

これには多くの観客も感心した。よくぞ、立ち上がったと。

「マ、マジか……！」

「うっそだろ……！」

応援に来ていたロイスとフレッドは驚きを隠せなかった。先程のレオルドから受けた攻撃は間違いなく決まっていた。

貴賓席から見ていたが、とてつもない威力であるのは誰の目にもわかるものであった。

それを受けて尚立ち上がるジークフリートに二人は、どうしても驚きを隠せなかったのだ。

「俺なら、もう諦めてるぞ……」

「ああ。あんなのと戦うなんて無謀にも程があるだろ。いや、そもそも一回戦の試合を見て戦おうって気が起きないだろう……っ！」

それでも立ち上がったのを見た二人は少なからず、胸が熱くなるのを感じた。

もしかしたら、勝てるのではないかという期待が生まれたのだ。

友達が圧倒的な存在に立ち向かう姿は少なくともかっこよく見えた二人であった。

その一方でジークフリートの応援に来ていた女性達も胸をときめかせていた。やはり、ジークフリートはそう簡単に負けるような男ではない。

必死に声援を送る。彼女達はジークフリートが勝つことを祈って声援を送り続ける。

その祈りが届いたのかジークフリートが少し笑う。遠くから確かに聞こえる声援にジークフリートは応える為にレオルドへと一歩踏み込む。

対するレオルドは踏み込んできたジークフリートよりも素早く動き、腹部を拳で打ち上げる。

「ぐふぅっ!?」

いくら結界に守られていようとも、その衝撃にはひとたまりもない。まともに直撃したジークフリートは弧を描くように宙に浮かび上がり、地面に落下する。

ドシャッと地面に背中から落下したジークフリートは大きく息を吐く。

「かは……っ！」

倒れるジークフリートへレオルドは近づき、容赦なく踏みつける。

「どうした！　お前の力はその程度か！」

「ぐっ！」

どこぞの悪役のように胸を踏むレオルドはジークフリートに問いかけている。

対してジークフリートは答えることが出来ず、レオルドの足をどかせようと必死だ。

「さっきの威勢はどこへいったんだ」

「くっ……うぅ……！」

「思い出せ！　俺と決闘したときのことを！　あの時のお前のほうがよっぽど強かったぞ！」

そんなことはない。

決闘した時はレオルドも弱く、ジークフリートも大して強くはなかった。

ただ、決闘の時ジークフリートは一つのことで頭がいっぱいだったのだ。

それはクラリスを傷つけたレオルドに罪を償わせるというもの。

たった、それだけを考えながらジークフリートは決闘の時戦っていたのだ。

だけど、今は違う。

ジークフリートは少し弱気になっていた。レオルドとの実力差に。

（やっぱり俺じゃ勝てないのか……！）

もうここらが限界だろうとジークフリートはレオルドの足をどかせようとしていた手の力を弱める。

「ッッッ……！」

それに気がついたレオルドは怒りを顕にする。足をゆっくりとジークフリートから離して、大きく振り上げると勢いよくジークフリートを蹴り飛ばした。

「ぐあっ！！！」

ゴロゴロと転がっていくジークフリートを見ながらレオルドは悲観に暮れていた。

（ここまでか……。潮時だな）

もはや、戦意を失くした奴に用はないとトドメを刺しにいくレオルド。

もう十秒など待っていられないと倒れているジークフリートへと近づいていく。

一歩、また一歩と足を進めてジークフリートの下へと辿り着く。

「これで終わりにしよう……」

慈悲なき一撃がジークフリートに落とされた。

その瞬間、ジークフリートの腕輪が砕け散り、試合の終わりを告げるのであった。

「……少しはやるかと思ったが、所詮はその程度であったか」

落胆を隠せないレオルドは溜息を吐いて、試合会場を後にする。

ジークフリートはその後ろ姿を追い続けた。

試合中にあれだけの啖呵を切っておきながら、この体たらく。

ジークフリートは自分が情けないと嘆いていた。

（くそ！　何がこっちを見ろだ……！　実力もないくせに……俺は……俺は！）

地面を殴りつけ、己の弱さを恨むジークフリート。

遥か遠く、届かない高みにいるレオルドにジークフリートは誓った。

（いつか……いつの日か！　お前に追いついてみせる！）

立場が入れ替わった。かませ犬であったレオルドと主人公であったジークフリート。

今度はジークフリートが見上げる番となる。

このままではダメだと。もっと、強くならなくてはいけないと拳を握りしめる。

「勝者レオルド・ハーヴェスト！」

ジークフリートとの試合は呆気なく終わった。

ジークフリートにはレオルドと違って目的などない。ならば、なぜ強さに拘るのか。

それは、レオルドのせいだ。同い年でありながらも騎士団長に勝ってみせた、その強さに少なくともジークフリートは憧れを抱いた。

世界最強とは言わずともせめて同年代のレオルドと同じくらいにはなりたいとジークフリートはそう思い始めていた。

「ああ……悔しいなぁ……」

結局、レオルドに大したダメージも与えることが出来ずに敗北したジークフリートは心情をポツリと呟く。

あくまでレオルドは死亡フラグを回避するのが目的であって、魔王や邪神などの強敵は人任せ。しかし、どうしても避けられそうにない場合を考えてレオルドは鍛錬を積んでいる。控え室へと戻った二人は、互いに向き合う。

「……」

「……あー、レオルド。この後、時間あるか？」

「そうだな、とりあえず、次の試合の開始時間を確認した後でいいか？」

「ああ。それでいい」

「わかった。なら、聞いてくるから少し待っていてくれ」

レオルドは係員に次の試合開始時間を聞いてからジークフリートの下へと戻る。

「どうだった？」

「悪いな。すぐに準決勝らしい。それが終われば今日の試合は終わりだから、その後でもいいか？」

「全然構わない。終わったらお前のところに行くよ」

「わかった。試合が終わったら控え室で待っていよう」

約束した二人は別れる。ジークフリートは負けたので、友達が待っている貴賓席へと戻っていく。

そして、準決勝に臨んだレオルドは、難なく勝利して決勝進出が決まった。

対戦相手は準決勝まで上り詰めた猛者であることは間違いなかった。ただ相手が悪かった。

王国最強の一角であり、優勝候補のベイナードを降したレオルドだ。

余程の事が無ければ勝てないのは仕方のないことであろう。

決勝の相手は勿論リヒトーである。

二人の対決が決まって観客が大いに沸いた。騎士団長に勝利したレオルドと王国最強の騎士リヒトーとの戦いだ。期待するしかないだろう。

しかし、残念ながら決勝戦は最終日なので観客は焦らされることになる。まあ、それも闘技大会の醍醐味ということで観客に不満はなかった。

決勝戦まで時間が空いたレオルドはというと、ジークフリートとの約束を果たす為に控え室で待っていた。

控え室にジークフリートが現れる。しかし、一人しかいない。クラリスはどこにいるのだろうかとレオルドはジークフリートの背後に目を向けたりする。

「クラリスなら別の場所で待ってる。ここで話すことじゃないからな」

「ああ。そちらに合わせるよ」

「ん、じゃあ、ついて来てくれ」

言われるがままにレオルドはジークフリートの後をついて行く。

行き先は分からないが、人気のない場所だろうとレオルドは推測する。

闘技場を出て、夕暮れの街道を歩く二人は一切の会話がない。

レオルドとしては、ジークフリートの交友関係を問いたいが何の脈絡もない話題を振れば変に思われてしまうので難しいところだ。

ごく自然に聞き出すことは出来ないだろうかと思案するが、いい案は思い浮かばない。

そうこうしている内に、ジークフリートが喫茶店に入っていく。

そこは以前レオルドが妹のレイラと行ったことがある喫茶店であった。

確かにここなら個室があるので、人目は気にしなくてもいいだろう。

レオルドはそう思いながら、ジークフリートの後を追いかけるように喫茶店へと入った。

「ここにクラリスがいる」

「……一人で入れと？」

「え？　だって、クラリスが二人でお前と話したいって言ってたし」

「いや、まあ、それはわかるが、流石に厳しいだろう？」

「なんでだ？」

「忘れたわけじゃないだろ。俺がなにをしたかを」

「もちろん、覚えてるよ。でも、今のレオルドなら大丈夫だって俺が説得したんだ」

「む……それは嬉しい事だが、クラリスと二人きりというのは少々気まずいだろ」

「でも、俺がいたら話せないことだってあるだろ？」

「それはそうかもしれんが、加害者と被害者の二人きりというのは、やはり問題がある。だから、一緒にいろ」

「そこまで言うなら仕方がないか」

　ここまでの会話を聞くとレオルドはジークフリートが好きなのではないかと思いそうな流れである。

　一人じゃ寂しいからついて来て欲しいというか弱い乙女か幼児のようなものだ。

　さて、そんな事は置いておいて二人は仲良く個室へと入る。

　すると、そこには待っていたであろうクラリスが一人で座っていた。レオルドは久しぶりに会う元婚約者に緊張していた。

　第一声が出てこずに固まっていると、ジークフリートが助け船を出してくれる。

「ごめん。待たせたか？」

「ううん。私もさっき来たばかりだから」

　レオルドはジークフリートを連れて来て正解だったと胸を撫で下ろす。

　そんな様子のレオルドをチラリと見るクラリスは、やはり以前までの彼とは違うと確信した。

そのレオルドが席につこうかと迷っているとクラリスのほうから席へつくように促した。

「どうぞ、お二人ともお掛けになってください」

「あ、ああ」

「俺は出てようか？」

「レオルド様がジーク君を呼んだんでしょ？　だったら、いてもいいと思うよ」

「そうか？　なら、いさせてもらうけど」

そう言いながらジークフリートはレオルドの方を見つつ席に座る。

本当に俺がいてもいいのだろうかという視線をレオルドに送る。

その視線に対してレオルドはいてくれなきゃ困るといった視線を返していた。

伊達(だて)に二度も拳を交えた仲ではない。すでにアイコンタクトすら可能になっている。

何故(なぜ)か見つめ合っている二人にクラリスは可愛(かわい)らしく首を傾(かし)げた後に、気を取り直して
レオルドへと話しかける。

「お久しぶりですね、レオルド様」

「っ……あ、ああ。久しぶりだな、クラリス」

そこから先は続かない。二人はなにを話せばいいのやらと頭を悩ませる。

クラリスとしてはレオルドの変貌ぶりについて尋ねたいところだが、どのように切り込
めばいいかと迷う。

レオルドの方は、過去の事について謝罪をしなければと思っているのだが、タイミングが摑めないでいる。

案外似た者同士なのかもしれない。まあ、今のレオルドとだが。

さて、一向に会話が始まらないことに痺れを切らしたジークフリートがある提案をする。

「なあ、やっぱり俺は出てようか？」

それは同時に起こる。レオルドとクラリスの両名から、穴が開くほどジークフリートは見つめられる事になる。

どうやら、出て行かないで欲しいということなのだろうが、せめて言葉にして欲しい。

二人から鬼気迫るといった表情で見つめられるジークフリートは堪らず小さく悲鳴を上げた。

「ひぇ……！」

なんとかジークフリートを引き止めることに成功した二人だが、事態は好転しない。

両者互いに相手の機を窺うように沈黙している。

その様子を眺めるジークフリートは、逃げ出したいと切実に思い始めた。

クラリスに万が一の事があってはと思って同行したが、この様子ならば問題はないだろう。

しかし、永遠にこのままなのは辛い。だから、ジークフリートは状況を打破する為に動くことにした。

「と、とにかくさ、黙ってないで何か話したらどうなんだ？」

その言葉に二人は顔を見合わせる。クラリスが口を開こうとした時、レオルドが先に頭を下げた。

「すまなかった。クラリス。ずっと俺は君を傷つけてばかりで。挙句の果てには、君に一生の傷を負わせることになってしまった」

頭を下げているレオルドにはクラリスの顔が今どんな風になっているか分からない。側で見ていたジークフリートはクラリスの顔が酷く悲しそうに歪んだのを見逃さなかった。

しかし、口出しする事はない。ジークフリートは決闘の際に言いたい事は全て言い切っている。これは当人同士の問題であるからだ。

頭を下げるレオルドを見てクラリスは固く結んでいた口を開く。

「ジーク君。少しだけ席を外してもらってもいいかな?」

「わかった。俺は廊下にいるから話が終わったら声を掛けてくれ」

「うん。ごめんね、ありがと」

ジークフリートは外へ出て行く前にレオルドへ一言残す。

「レオルド。多分、大丈夫だとは思うけど、変なことはするなよ」

「わかっている」

「ならいい」

それだけ言うとジークフリートは部屋から出て行く。残されたのは、レオルドとクラリスの二人のみ。

クラリスはレオルドと二人きりになって、僅かに恐怖を抱いたが、目の前で頭を下げている姿を見て心を落ち着かせる。

「レオルド様。どうか頭をお上げください」

「しかし——」

「今更、謝罪の必要などありませんから」

「……」

その言葉にどれだけの思いが込められているのかレオルドにはわからなかったが、少なくともクラリスは過去の事を許す気はない。

「レオルド様。今、私がなんと呼ばれているかご存知ですか？」

「え……いや、知らないがなんと呼ばれているんだ？」

「売女(ばいた)、尻軽女(ビッチ)、間抜けな女。まあ、色々言われてますが、どれも悪意のあるものばかりです」

「っ……」

絶句した。レオルドはあまりの衝撃的な事実に言葉が出てこない。

まさか、クラリスが不名誉なあだ名を付けられている事など知らなかった。

どう言えばいいかわからないレオルドは口を塞ぎ固まってしまう。

「やはり、ご存知なかったようですね。それも仕方ありませんか。レオルド様はゼアトに行かれてから変わったのですから」

クラリスの言うとおりである。レオルドは決闘が終わった瞬間に真人と同化して生まれ変わったが、本格的に変わり始めたのはゼアトに行ってからだ。

ゼアトでレオルドは運命に打ち勝つ為に必死に努力していたが、王都でなにが起こっているかなど眼中になかった。

だから、クラリスがレオルドの所為で苦しめられている事など知る由もなかった。

「レオルド様がゼアトで華々しい活躍をするたびに私は多くの罵声を浴びる事になりました。根も葉もない噂まで流れる事もありましたよ。私との婚約が嫌だから、ワザと道化を演じていたと」

そのような事は断じてないが、噂とは尾ひれがついてしまうもの。否定しようとすれば、人は余計に面白がるだろう。

「極めつけは転移魔法の復活ですね。それからは私だけでなく家族、親戚にまで被害が及びました。神童を見抜けなかった哀れな一族と馬鹿にされています」

淡々と事実を告げるクラリスの言葉は、まるでナイフのようにレオルドの心を抉る。

しかし、レオルドよりもクラリスのほうがよっぽど傷ついていた。

今、こうして言葉にするだけでも思い出して心が苦しいと叫んでいる。

それでも、伝えなければならないからクラリスは話すのを止めない。

「どれだけ私が、どれだけ家族が傷ついたかわかりますか？　わからないでしょう？

だって、レオルド様は私の顔と身体にしか興味がなかったのですから」

溢れる気持ちは怒りだ。クラリスは純粋にレオルドが憎くて堪らない。

「どうして今更変わったのですか！　どうして、私がこのような思いをしなければいけないのでしょうか！　被害者は私なのに！　どうして、レオルド様だけが皆から賞賛され、私が罵声を浴びなければいけないの！　どうして、こんなにも苦しまなければならないの！　どうして、こんなにも傷つかなければならないの！」

溜まりに溜まった憎しみと怒りをぶつけるクラリスは全てを曝け出す。醜いその姿は誰にも見せたくないから、ジークフリートを追い出した。

胸のうちに秘められていたどす黒い感情が爆発していた。

「答えて下さい、レオルド様。私のなにがいけなかったのでしょうか？　私のなにが不満だったのでしょうか？　どうして、私と婚約破棄した途端に変わったのですか？」

答える事が出来ないレオルドはただ黙るしかなかった。

「答えてくれないのですね。やはり、レオルド様は私がお嫌いなのでしょうね」

「ち、ちがう。そんなことはない！」

「でしたら、なぜ答えてくれないのですか！」

「それは……」

「やっぱり答えてくれないのですね……」

真実を話すわけにはいかないレオルドは突拍子もないことを言い出す。

「俺は決闘に負けたその日にある夢をみた。それは殺される夢だった。クラリスも知っての通り俺はどうしようもない人間だったから、恨みを買って殺されるのはそう遠くない未来で起きただろう。だから、俺はその夢を見て決めたんだ。これからは立派な人間になろうと」

「そんな話を信じろというのですか？」

「信じられないかもしれないが、そうとしか言えない」

クラリスの目を真っ直ぐ見てレオルドは答える。どう聞いても嘘くさい話をクラリスは信じることが出来ない。

だが、変わったのは事実であり、否定することも出来ない。

だから、クラリスは真実は分からないがレオルドのことを信じようと決めた。

「もっと早くその事に気がついてくれていたら、別の未来もあったかもしれませんね」

「……すまない」

「謝らないで下さい。今更、レオルド様が謝った所で何も戻りませんから。ただ、どうかお願いです。これから先、決して道を違えることなく歩み続けてください。私は一生許すつもりはありませんが、それでも受け入れようと思います。もう二度と、私のような犠牲者を出さないと誓ってください」

許しはしない。だけど、今のレオルドを受け入れるとクラリスは言った。

レオルドに襲われて醜聞を浴び、彼が活躍するたびに傷つくクラリスが受け入れるのは相当の思いがあったはず。

どれほど耐え難い屈辱であっただろうか。クラリスが受けた悲しみ、苦しみ、怒りは計り知れないものであったに違いない。

それを受け入れたクラリスは寛大な心の持ち主であろう。

とはいえだ。クラリスにも多少は非があった。

レオルドから離れて、すぐにジークフリートの傍に寄ったのは彼女である。

たとえ、レオルドが活躍しなくても一部の者からは批難されていただろう。

クラリスとの話を終えたレオルドは内心で深く息を吐いていた。

（ふう……）

過去の自分と今の自分は違うかもしれないが、犯した罪は消えることはない。

レオルドはそのことを胸に刻み、クラリスに二度と道を踏み外さないことを誓うのであった。

お互いに傷だけを残して話は終わった。

レオルドはクラリスに別れを告げてから部屋を出て行く。

去り際にレオルドは振り返りそうになったが、もうクラリスとの関係が変わることはない。加害者と被害者という関係は永遠に変わらないだろう。

一人部屋を出て行くレオルドは、廊下で待っていたジークフリートに声を掛ける。

「ジークフリート。話は終わった。後は頼む」

「…………なあ」

「なんだ？」

「レオルド。お前はさ、どうして変わったんだ？」

「……ふっ。あの時、お前から受けた拳が俺の魂にまで響いたのさ」

「なんだそれ？」

少々かっこつけたレオルドだが、ジークフリートには伝わらずに頭のおかしいやつだと認識されてしまう。

「……まあ、お前に殴られたというのは事実だ」

「それで頭が変になったってのか？」

「そういうことだ」

「なら、もっと早く殴ってればよかったな」

「ははは っ！　そうかもな」

笑った後、レオルドはジークフリートの前から去ろうとする。その時、最後にジークフリートはレオルドに問い掛ける。

「明日の試合勝てるのか？」

「負けるつもりはない」

「そうか。頑張れよ」

「ああ。お前も、もっと強くなれよ」

「いつかお前を超えてやる」

「楽しみにしておこう」

最後に二人はまるで好敵手（ライバル）のようなやり取りをして別れた。

レオルドは喫茶店の外に出て星空を見上げる。明日はいよいよ決勝戦。泣いても笑っても最後の戦いである。

せめて、後悔だけは残らないように戦おうとレオルドは星空に手を伸ばしてギュッと拳を握り締めるのであった。

翌日、レオルドは控え室で瞑想を行っていた。今は第三位決定戦を行っている最中でレオルドの出番はまだ先だ。

そして、対戦相手であるリヒトーも同じように瞑想をしている。

しばらくしてから、二人は係員に呼ばれる。係員の下へと集まる二人。

係員は集まった二人から尋常ではない威圧感を感じて震えてしまう。

闘技大会の係員に何度もなったことのある係員だが、ここまで選手に圧倒されるのは初めてであった。

ゴクリと唾を飲み込む係員は震えていたが、同時に喜んでいた。恐らく、歴史に刻まれるほどの選手と関われた事に。

サインでも貰っておこうかと考える係員だったが、試合の時間が迫ってきたので二人を連れて会場へと向かう。

「レオルド。先に言っておくけど、僕はベイナード団長のように君の実力を測るような真似はしない。君の実力は本物だと、この大会を通してわかってるからね」

「リヒトーさん……ありがとうございます。まさか、王国最強の貴方にそこまで評価して頂けるとは思いもしませんでした。ですが、私は負けるつもりはありません。持てる全ての力を使って貴方に勝ちます！」

「受けて立つよ。そして、打ち砕いてあげよう。君の全てを！」

試合会場に二人が入場すると、熱気に包まれていた観客席がさらに熱を増す。

ベイナード団長に勝利したレオルドと王国最強のリヒトーの試合がこれから始まる。

両者は互いに向き合い、剣を構える。

二人が剣を構えた事で騒がしかった観客席も静まる。二人の試合を一秒でも長く楽しむ為に、観客は集中して二人を眺めている。

時が静止したかのようにレオルドは集中していた。試合開始の銅鑼が鳴るまでレオルドもリヒトーも動かない。

やがて、試合開始の銅鑼が鳴り響き、レオルドとリヒトーは動き出す。

レオルドは地面を踏み砕いてリヒトーへと迫る。対するリヒトーも同じように動いており、両者は剣を交える。

二人の剣がぶつかると衝撃波が発生して周囲の地面を吹き飛ばした。

クレーターの中心には鍔迫り合いをしている二人がいる。

ギリギリと鍔迫り合いしながら二人は譲らない戦いをしている。拮抗しているように見えたが、徐々にレオルドが押され始める。

このままで押し負けると判断したレオルドが一際力を込めてリヒトーの剣を弾き飛ばして距離を空ける。

「ふう……！」

　危ないところであったレオルドは安堵の息を吐く。あのまま鍔迫り合いを続けていたら押し負けていただろう。

　レオルドの判断は正しかった。あの場は強引にでも切り上げて距離を空けるのがレオルドにとっては最善であった。

（純粋に剣の勝負は分が悪い。しかし、速攻を仕掛けてきたってことは魔法を警戒しているのか？　まあ、俺に勝ち目があるとすれば魔法しかないからな。それを本気で潰しに来たってことは、リヒトーさんも全力で来ているってことだ。はは……嬉しいな。王国最強に本気を出させるところまで来たんだ！　やれるだけやってやる。見てろよ！）

　王国最強のリヒトーに本気を出させ、なおかつ認められたと分かったレオルドは嬉しくて仕方がなかった。

　今までの努力が報われた瞬間というわけではないが、確かに実を結び始めているのだと。それはベイナードのときも感じたが、何度味わってもいいものだ。他人に努力を認められるというのは。

　だからこそ、失望させるわけにはいかないだろう。レオルドは視線の先にいるリヒトーを捉えて魔法名を唱える。

「イーラガイアッ！！！」

それはベイナードとの試合で使った土魔法。試合会場の地面を吹き飛ばし、敵味方関係なくダメージを与える魔法だ。

魔法を発動させたレオルドは衝撃波が来る前に跳び上がり魔法を避ける。それはリヒトーも同じであった。

元々、ベイナードの試合で使った魔法であり、リヒトーにも当然見られていた。対策法などいくらでも思いつくだろう。

試合会場には避け場がないかもしれないが、宙に跳び上がればイーラガイアは簡単に避けられる。そんな事がわからないリヒトーではない。

「ああ、わかっているさ。それくらい！　だが、空中じゃ足場はない！　サンダーボルト！！！」

誰に言うともなくレオルドは空へと手を翳してサンダーボルトを放った。

雷光が迸りリヒトーへと襲いかかる。イーラガイアを避ける為に跳び上がったリヒトーは避けることは出来ないと思われた。

誰が見ても確実に決まると思っていたサンダーボルトは、簡単に避けられてしまう。障壁を足元に展開して足場を作ったリヒトーが空中で身を翻してみせたのだ。

スタッと華麗に着地したリヒトーはレオルドに顔を向ける。やはり、一筋縄ではいかないとレオルドは歯嚙みする。

次の手を考えるレオルドだが、やはり魔法しかないだろうという結論に至る。

剣術では絶対に勝てないから、その答えになるのは当たり前だった。

さて、どうしたものかとレオルドは考える。なにせ闘技大会というよりは、一回戦のベイナード戦でほぼ全てを見せている。

当然、リヒトーも対策を練っていることだろう。

だが、逆に考えればまだ見せた事のない魔法を使えば優位に立てるかもしれない。

ただ、リヒトーはベイナードと同等もしくはベイナード以上の実力者であるので、初見でも簡単に対処してくるかもしれない。

ならば、手はないのかと頭を悩ませるレオルドは至ってシンプルな答えに辿(たど)り着く。

後先考えず我武者羅になればいいと。

要は最初の予定通り全部出し切ってしまおうということだ。あれこれ考えずに、ただ自分のもてる全てをリヒトーにぶつけるのみ。

難しく考える必要は無い。

レオルドはベイナード戦とジークフリート戦で見せた雷の剣(つるぎ)を八本背後に浮かべる。

滅茶苦茶(めちゃくちゃ)になった地面を蹴ってレオルドは剣を構えリヒトーへと迫った。

お互いに剣が届く距離にまで近付くと、咄嗟(とっさ)にレオルドは横へ跳んだ。その次の瞬間、ガンッと肩に衝撃が走る。結界が作動したようだ。

どうやら、自分は斬られたのだと理解するレオルドは冷や汗を流す。

（くそっ……わかってても避けられないか！）

目にも留まらぬ速さで斬られたレオルドは内心で悪態を吐く。

先程はレオルドが間合いに侵入した瞬間にリヒトーが剣を振るい、レオルドを袈裟切りにしようとしていた。

レオルドは危険を察知して横に跳んで斬撃を避けようとしたのだが、リヒトーの剣の速さは尋常ではなく避け切れなかった。

（……間合いに入ったら問答無用ってわけか。闘技大会じゃなかったら、間違いなく殺されてたな）

結界のおかげで致命傷にはならなかったものの、かなりの衝撃がレオルドには伝わっている。それがリヒトーの攻撃力の高さを物語っていた。

そして、恐らく今の一撃で腕輪の耐久値は大幅に減らされたに違いない。

もう後手に回っていたら勝ち目はない。レオルドは捨て身覚悟の特攻しか選択肢はなかった。

「行くぞ！」

走り出すレオルドはリヒトーに手の平を向ける。一瞬、リヒトーは魔法を警戒して動きを止めるがレオルドの狙いは別だ。

ほんの一瞬の隙を狙ってレオルドはリヒトーの間合いに侵入した。

（なるほど。僕の間合いに入るのが目的だったか。魔法はその為の囮ってわけね）

互いに剣が届く距離となり、ぶつかり合う。金属音が鳴り響き、火花が飛び散る。

高速で展開される剣戟に観客は目が離せない。

そこへさらにレオルドは背後に浮かべていた雷の剣を交ぜる。

縦横無尽に振るわれる雷の剣はいくらなんでも避けることは出来ないだろうと、多くの観客はそう思っていた。

八本もある雷の剣は全て弾かれる。それは全てのものを虜にするような光景であった。

レオルドと剣を斬り結んでいながらも迫りくる雷の剣をリヒトーは一つ一つ丁寧に対応してみせたのだ。

（化け物かよ……！！）

戦っているレオルドが一番驚いている。少なくとも一本くらいは当たるだろうと予想していたのに、結果は見事に裏切られた。

これが王国最強の騎士リヒトーの実力なのだ。

改めて思い知らされたレオルドは心が折れそうになる。ベイナードの時もそうであったが、あまりにも壁が高い。

一つ壁を乗り越えても、またすぐに新しい壁が現れる。それが堪らなく辛い。レオルドはこのあまりにも高い壁に挫けそうになっていた。

（ああ、くそ……何度だって越えてみせるさ！　こんなところで立ち止まるわけにはいかないんだ！）

己に活を入れてレオルドは奮起する。壁が高ければ今まで以上に頑張ればいいだけだ。ただそれだけだ。ならば、問題はない。やることはいつもと同じ。

何度、壁が立ち塞がろうとも乗り越えればいい。そうやって人は成長するのだから。

「おおおおおおおおおおおおおおおおおっっっ！！！」

「っっっ!?」

剣を斬り結んでいたレオルドが突然吠えるとリヒトーの足元が泥沼に変わり、宙に浮かんでいた雷の剣が勢いを増した。

それに加えてアクアスピアまでが飛んでくるようになり、リヒトーは対処しなければならないものが増えてしまう。

（くっ！　ベイナード団長に見せた時以上の魔法を！　ははは！　ここに来てさらに進化したか！　嬉しいよ！　いずれ国を担う次世代の力がここまで育ってるなんてね！！！）

レオルドの手数が増えてベイナード戦以上の成長を見せるが、それでもリヒトーには届かない。

それもそうだろう。リヒトーは国王を守る近衛騎士であるから、複数の敵に対応できるように日々鍛錬をしている。

たった一人で複数の敵と戦っているかのような状況を作り出すレオルドも称賛に値するが、リヒトーはそれ以上だ。

今まで以上の負担を強いられるレオルドは悲鳴を上げている身体にムチを打ち、攻撃の速度を上げていく。

ただ勝つ為に。己が持つ全てを出し切るつもりだ。

両手で剣を握りしめ、懸命に魔法を制御し、超人的な速度でリヒトーへと攻撃を続けていく。

「いけ……行け――――っ！！！」

「頑張れ、レオルド様！！！」

「負けるなぁっ！！！」

鼻血を吹き出して極限にまで神経を削っているレオルドに多くの声援が届いていた。まるで背中を押されるようにレオルドはリヒトーを壁際にまで追い詰めていく。

「負けないで、リヒトー様！」

「上には上がいるってことを教えてやれーっ！」

「勝て、勝て――――っ！」

圧倒的な手数で攻めてくるレオルドを剣一本で捌いてみせるリヒトーにも多くの声援が

届く。壁際にまで追い詰められているが、未だに傷一つ負っていない。

（あと一つ！　あと一つ何かが欲しい！　そうすれば届く！）

果敢に攻めているレオルドだが、リヒトーには傷一つ与えることが出来ていない。

それどころか、針の穴に糸を通すかのようにリヒトーから反撃を受けており、腕輪はすでに限界である。

それでも、諦めないレオルドは他にまだ手立てが残っていないか探す。そうすれば、リヒトーにも届くはずだと己の力を信じて疑わなかった。

鼻血を吹き出して、極限にまで神経を削っているレオルドは必死に模索する。リヒトーへ一撃を届かせる為に最後の手立てを。

その時、一つの考えが思い浮かぶ。まるで天啓のようにそれは閃いた。

（雷魔法で肉体を強制的に加速させれば……）

真人の記憶を持つレオルドは異世界の知識を思い出す。それは人体についての知識だ。

残念ながら真人は専門家ではない為、中途半端な知識しか持っていない。

ただ、そんなことは些細な問題であった。

レオルドは異世界の知識を用いて、自身の肉体へと雷魔法を掛けようと考える。それは命を失うかもしれない賭けであった。人体に電気を流すのは非常に危険を伴う。

ただ、この世界には魔法が存在しており科学でも証明できないことがある。

だから、レオルドがやろうとしていることは危険ではあるが、出来ないということはないかもしれない。

（いけるか？　いや、迷ってる暇はない！）

格上に勝つ為には一か八かの賭けしかないだろう。腕輪も限界であり、もう保たないように見える。

しかし、たった一撃を入れる為に命を賭けるような事をしてもいいのだろうか。

（死ぬかもしれないか……ビビってんじゃねえ！　運命に勝つんだろ！　なら、命賭けの大博打くらいやってやらぁ！！！）

いつか来る死の未来に備えて泥臭く汗にまみれながら努力しているレオルドは、最後の最後に大博打に出ることにした。

ここで死んでしまうかもしれない。それでも、レオルドは決めたのだ。

運命に打ち勝つのだから、命賭けの大博打くらいには勝ってみせると。

体内で雷魔法を発動させて強制的に肉体を加速させる。本来ならば脳が処理して神経に伝わり、神経が手や足に命令を出して身体は動く。

それをレオルドは雷魔法で強制的に加速させて人間の限界を超えようとしたのだ。

その試みは見事に成功する。

「なっ!?」

レオルドの剣がリヒトーの剣を上回り、一撃を入れることに成功した。その一撃を受けたリヒトーは驚愕の声を上げてしまう。

(なんだ!?　今の動きは！　今までの比じゃないぞ！　まさか、まだ力を隠していたのか!?)

その直後に異変は起こる。レオルドの動きが急激に悪くなり、リヒトーの反撃を受けてしまい腕輪は砕け散ってしまう。

「え……？」

戸惑うのは他の誰でもない。目の前で戦っていたリヒトーである。

先程の動きは完全に自分を上回っており、リヒトーは負けてしまうかもしれないと思ったのに、こんなにも呆気ない決着に戸惑いを隠せない。

そんな風にリヒトーが戸惑っていると、レオルドが倒れようとしている。慌ててリヒトーは駆け寄り倒れそうになったレオルドを受け止める。

「レオルド……っ!?　すぐに担架を用意しろ！！！」

慌てるリヒトーに只事ではないと係員達は急いで担架を用意する。リヒトーが支えていたレオルドを担架に乗せて、奥へと消えていく。

試合会場に残されたのはリヒトーのみで、観客は困惑していた。

レオルドはどうなったのだろうかと。

その後、リヒトーの勝利が告げられて闘技大会は閉会式を残すのみとなった。

そこからは大騒ぎである。最後に倒れたレオルドはどうなったのかと騒ぎ出す観客に対応する係員。

そして、レオルドの安否を確かめる為に家族総出で動き出すハーヴェスト公爵家にレオルドの部下達。

さらには突然倒れたレオルドに気が気でないシルヴィアは、王女としての立ち振る舞いなどを忘れてレオルドが運ばれた医務室へと駆け込む。

医務室は大勢の人で溢れ返ってしまい、中に入れない人が出る始末だ。

おかげで医務室で働いている医者と看護師は大慌てである。ハーヴェスト公爵家の面々に加えて王族まで来るので、医者も緊張してしまっている。

「レオルドの容態はどうなっている！」

「意識を失っているだけだと思うのですが……」

「ですが？　なんだ？　早く答えろ！」

「腕の方に火傷のような痕があるのです！　しかも、外側ではなく内側からのようなんです！」

「なんだと？　腕輪の結界が作動していなかったと言うのか？」

「いえ、腕輪の結界機能は確かに作動しています。ですから、リヒトー様の剣を受けた箇所は打撲痕はありますが斬られたような傷はありません」

「では、なぜレオルドに火傷の痕が？」

「推測でしかありませんがレオルド様は自分の身体に魔法を使ったのではないかと……」

「それは身体強化ではないということか？」

「はい。身体強化でしたら火傷の痕など残らないでしょうから」

医者から説明を聞いたベルーガは落ち着きを取り戻すが、今度は別の疑問が浮かんでくる。

レオルドはなぜ自身の身体に魔法を使ったのかという疑問だ。

その場にいた人達も二人の会話を聞いて、レオルドがなにをしたかったのかを考える。

その時、レオルドの様子を見に来たリヒトーが試合の時のことを思い出す。

「皆さん、聞いてください。もしかしたら、レオルドは新しい魔法を生み出そうとしたのかもしれません」

その言葉に全員がリヒトーへと顔を向ける。

「それはどういうことかしら？」

新しい魔法という言葉に最も反応したシャルロットはリヒトーへ問い掛ける。

「詳しくは分かりませんが、最後の一瞬にレオルドの剣は僕の剣を上回りました。しかし、その直後にレオルドは急激に動きが悪くなりました」

「……私の目には見えなかったけど、貴方が勝ったのよね？」

「ええ。僕が勝ちましたが最後の一瞬だけレオルドは確かに僕を上回りました」

シャルロットは魔法に特化しているので二人の試合はよくわからなかったが、最後の方はレオルドが力尽きたと思っていた。

しかし、リヒトーの話を聞く限りでは別の要因があったと思われる。

それが新しい魔法。

レオルドの身体に刻まれた火傷の痕。シャルロットはそれを確かめる為にレオルドが眠っているベッドへと近付く。

「なにをする気だね？」

患者に手を伸ばそうとしているシャルロットに医者が止めようと割り込む。

そこへシルヴィアも割り込み、シャルロットのフォローに回る。

「申し訳ありません。ですが、どうか目を瞑っていてはもらえないでしょうか。こちらの方は高名なお方ですので決して悪いようには致しません。どうか、お願いします」

「シルヴィア殿下がそこまで仰るのであれば私は従います」

「寛大なお心に感謝を」

これで医者を黙らせる事が出来た。シャルロットはシルヴィアに小さくお礼を述べてからレオルドの容態を確認するのであった。

ベッドで寝ているレオルドの布団を剝いでシャルロットはレオルドの身体を確かめる。

服を剝いで露出するレオルドの上半身には所々に火傷の箇所が見られる。

医者の言っていた通り、身体の外側ではなく内側から炙られたかのようになっている。

（話に聞いていた通りね。確かに火傷を負っているわ。でも、どうして内側なのかしら？　レオルドは火属性を持っていないはず。だったら、火傷なんて……待って。レオルドはこの世界にない知識を持っている。もしかして、その知識から新しい魔法を生み出した？　そうだとすれば、最後の瞬間リヒトーを上回ったという説明に納得がいくわ。でも、どんな魔法なのか、どんな使い方をしたのかがわからないわね……）

ある程度の考察が出来たシャルロットは医者の方へと話しかける。

「ねえ、回復魔法は使ってもいいのかしら？」

「もう使いましたが、火傷が酷すぎるようで……」

「そうなの？」

医者が既に回復魔法を施したと聞いてシャルロットはレオルドの方へと顔を向ける。

（回復魔法を使っても完治しなかったって、一体なにがあったのよ。少し見させてもらうわよ）

気になったシャルロットは透視の魔法を使う。透けて見えるレオルドの身体を調べるシャルロットは、恐ろしい事に気がつき息を吞む。

（ボロボロじゃないの！　一体どうしたらこんな事になるのよ！）

レオルドの身体は見た目以上にボロボロだった。骨にヒビが入っており、筋肉は断裂し、酷い火傷まである。

これは恐らくレオルドが使ったという新しい魔法の後遺症であると判断したシャルロットは、一先ずレオルドの身体を治す為に回復魔法を掛ける。

「お、おお！　これはパーフェクトヒール！　まさか、このような場所で使い手に会えるとは！」

驚く医者を無視してシャルロットはレオルドの身体を治した。完全に元通りになったレオルドはスヤスヤと眠っている。

なんだか見ていると無性に腹が立ったのでシャルロットはレオルドの頭に拳骨を落とした。

「ちょっ!?」

いきなりなんてことをするんだと慌てる医者だったが、レオルドが目を覚ましてその場はさらに騒然となる。

「いたっ……」

「「「レオルド！！！」」」

頭を擦っていたら、いきなり名前を呼ばれたのでレオルドはビクッとして、みんなの方へ顔を向ける。

大勢に囲まれておりレオルドは最初混乱してしまったが、自分の今の状況を見て把握する。

どうやら、試合に負けて意識を失っていたらしいという結論に至ったレオルドは心配をかけてしまった事を謝る。

「すいません。心配をかけてしまったみたいで」

詫びるレオルドは後頭部に片手を添えながらニヘラッと笑っている。

自分はもう大丈夫だと安心させようとしたのだが、心配していた側は安心するはずがない。

集団の中から飛び出したオリビアが真っ先にレオルドを抱きしめた。

「は、母上っ!?」

「よかった。本当によかった……!」

母親の胸に顔をうずめているレオルドは、自分がどれだけ心配させてしまったのかを理解する。

その後、レイラがレグルスがベルーガが二人の元へと集まる。家族、みんな心配していたのだ。

不謹慎ではあったがレオルドは家族の温かさに触れて笑みを零してしまう。

その光景をどこか遠くのように感じているシルヴィアはレオルドが無事だったことに喜び一歩下がるのであった。

それからはレオルドを慕っている者達が回復した姿を見て安堵の息を吐いた。

これならば、もう大丈夫だろうと判断して、国王がレオルドの元へと近づく。

「どうやら、閉会式には出られそうだな」

「はい。ご心配をお掛けしました」

「構わんさ。こちらこそ、素晴らしい試合の数々を見させてもらったお礼を述べねばならんだろう」

そう言って笑った国王は閉会式についてレオルドへ話す。

「さて、閉会式だが、まずは表彰を行う。優勝はリヒトーで準優勝はお前だ、レオルド。一応、聞いておくが本当に参加できそうか？」

「はい。大丈夫です」

「よし。ならば、少ししたら閉会式を行おう。その時は係の者に呼びに来させる。それまでは、ここで休んでおくといい」

「わかりました。では、そのようにします」

国王の説明が終わると、その場は解散となり医務室にはレオルドと医者と看護師の三人だけが残ることとなった。

　しばらく、レオルドはベッドに寝転んで休んでいたが、係員が来て閉会式へと参加する。

　試合会場には表彰台があり、その一番上にはリヒトーが立って、観客席に向かって手を振っている。そこへレオルドが姿を現すと、観客の歓声がさらに上がる。レオルドは案内されるがままに二位の表彰台へと上がり、観客席に顔を向けて手を振る。

「おめでとう！」

「よく頑張ったー！」

「カッコよかったよー！」

　拍手とともに声援が送られてレオルドは嬉しそうに微笑む。二年前ならば、金色の豚だったので悲鳴が上がっていただろうが、痩せてイケメンになったので女性からの声援が多くなる。

「キャアアアア、カッコいい！」

「素敵、レオルド様！」

「リヒトー様と並んで絵になる〜！」

　その反応に少々嬉しくなるレオルドだったが、背中に悪寒を感じて震える。

　悪寒の正体は王族専用の席からレオルドを見つめているシルヴィアであった。

　今までレオルドは表舞台に登場せず女性人気はなかった。むしろ、噂のせいで最悪であった。しかし、これまでの功績に加えて、今回の闘技大会で多くの女性に人気となりライバルが増えた事を危惧するシルヴィアは複雑な気持ちであった。

レオルドが凄いということが改めて認められることは嬉しいのだが、女性人気が高まりライバルが増えるのは嬉しくない。

しかも、レオルドは満更でもない顔をしている。そのことにシルヴィアは腹を立たせてしまう。そんな顔をしないでほしいと、少々独占欲が出てしまう。

しかし、自分は婚約者でもなければ恋人でもない。強いて言えば仲の良い友人程度。だから、シルヴィアは怒りを収めて落ち着きを取り戻す。

（いつかは必ず……）

思いを胸に秘めてシルヴィアは閉会式が終わるのを見届けるのであった。

無事にとは言えないが闘技大会も終わり、レオルドはいつもの日常へと戻ることになる。ただ、その前にレオルドは王城で開かれるパーティに呼ばれる。内容は闘技大会の打ち上げらしい。

家族総出で王城へと向かい、パーティ会場に入ったレオルドは多くの貴族に囲まれる。

ベイナード団長を打ち破り、その勢いで決勝戦まで駆け上がったレオルドは注目の的であった。しかも、外見が良いので女性からの受けもいい。

過去にレオルドが犯した罪など些細なことだと思われている。むしろ、今のレオルドならば多少の罪は許されるだろう。それだけの功績に力があるのだから。

囲まれていたレオルドはなんとか抜け出すことに成功する。露骨に婚約を迫ってきたり、甘い汁を吸おうと近づいて来ているのが丸わかりなので、ずっと相手にすることは出来なかった。

「はあ〜。貴族社会はこれだから……」

誰にも聞かれないように小さく愚痴を零すレオルドは、使用人から飲み物を受け取り軽く料理をつまんでいく。

「ん〜美味い！」

次はどれを食べようかとしているレオルドの下にベイナードが歩み寄り、その背中を叩いた。

「あいたっ!?」

「飲んでいるか、レオルド！」

「ベイナード団長！　お疲れさまです！」

「おう、お前もな。それでレオルド。ちゃんと、飲んでいるか？」

「まあ、少しは」

「それじゃ、ダメだ。もっと沢山飲め。今日は俺達の為に開かれた催しなのだからな！」

「闘技大会の打ち上げなのはわかってますけど、まだ始まったばかりじゃないですか」

「何を言っている！　飲める時に飲んでおかないと後悔するぞ！」

「そうかもしれないですけど、今はそうじゃないでしょ」

「今がその時なんだ、レオルド！」

酒が入ったグラスを突きつけてくるベイナードに困っているレオルドの所に救世主（リヒトー）が現れる。

「やあ、僕もいいかな？」

「リヒトーさん！」

「おお！　リヒトーか！　いいぞ！　一緒に飲もう！」

三人になったところで乾杯をしてグラスをカチンとぶつけて鳴らす。そのまま、三人はグビグビと酒を飲み干してから新しい酒を貰（もら）い、談笑を楽しむ。

「個人的に気になっていたんだけど、最後の動きはなんだったんだい？」

「おお、それは俺も気になっていた。レオルド、最後のあれはなんだったんだ？」

リヒトーとベイナードは決勝戦で見せたレオルドの最後の動きがどうしても気になっていた。

「あー、あれですか。まあ、秘密ってことじゃダメですか？」

「ふふ。対策されない為にかい？」

「まあ、そういうことです」

「もったいぶらずに教えたらどうなんだ」

肩を組んでレオルドを抱き寄せるベイナードは気になって仕方がない様子だ。リヒトーを見習って欲しいと思うレオルドは曖昧に笑って誤魔化す。

「ははは。手の内を晒(さら)すような敵はいないでしょ？」

「む、つまり俺と戦う気か？」

「機会があれば、是非とも」

「ふふふ、お前もわかるようになったな、レオルド！」

「それなら、僕とももう一度勝負してもらいたいな」

「もちろんです。私もリヒトーさんとはもう一度勝負をしてみたいです！」

盛り上がる三人は再戦の約束を結ぶ。そこへ、国王を含めた王族の人達が合流してくる。畏(かしこ)まる三人であったが、今宵(こよい)は無礼講と国王に言われて節度を守りながら交流を続ける。

気分良く話していると、レオルドの元にシルヴィアが近づく。

「レオルド様。準優勝おめでとうございます」

「シルヴィア殿下。ありがとうございます」

「ふふ。それにしてもレオルド様は本当にお強いのですね。一回戦でベイナード団長を打ち破り、決勝戦ではリヒトーを相手に善戦して、とても素晴らしかったですわ」

「お褒めいただき光栄にございます」

「それに、今回の闘技大会で女性人気も高まりましたわ」

ゾクッと背筋が寒くなるレオルドは周囲を見回す。すると、目の前から威圧感を放たれている事に気がつく。

(え、え～……セリフから察するにもしかして嫉妬してるとか？　いや～、ないない)

棘のあるセリフを吐いていたシルヴィアは嫉妬しているのではないかとレオルドは推測するが、それはないだろうと否定した。

とはいえ、彼女が不機嫌になったのは女性人気が高まり、いつも以上に注目を集めた所為であるということはレオルドも察した。

(しかし、もし、本当にそうだとしたら？)

聞けばいいかと思ったが、下手に問い質すと余計に怒るかもしれないと思ったレオルドは、黙り込む。

「多くの女性に褒められるのは、さぞ嬉しかったのでしょうね」

「で、殿下？」

ますます不機嫌になるシルヴィアにレオルドは不穏な空気を感じる。このままではダメだと、男としての勘が叫んでいる。

「と、とりあえずその話は終わりにしませんか？」

「どうしてです？　何かやましい事でもあるのですか？」

「そういう訳ではありませんが……」

ジト目で睨んでくるシルヴィアにレオルドはたじたじである。

(貴女が見るからに不機嫌だからですなんて言えるわけないだろ……！)

まさか、本音を言うわけにもいかないレオルドはこの場をどうやって切り抜けようかと考える。しかし、悲しいことに思いつかない。

誰でもいいから助けてほしいと願うレオルドだったが、残念なことに周囲の大人達は二人のやり取りを温かい目で見守っている。

(見てないで助けろよ！)

口には出せないレオルドは心の中で叫ぶのであった。

不機嫌なシルヴィアに振り回されるレオルドはどうにかして機嫌を直してもらおうとするが、上手くいかない。レオルドは手を尽くしたが、シルヴィアはツンとしたままである。

後頭部をかいて困っているレオルドを見ているシルヴィアはもうそろそろ許してあげようかと考えていた。あんまり、意地悪しているとレオルドに嫌われてしまうかもしれない。

ただでさえ、サディストな面を知られて敬遠されているのに、これ以上嫌われてしまってはこの先結ばれることなど不可能だろう。

それは絶対に嫌なのでシルヴィアが機嫌を直してレオルドへ振り向こうとした時、音楽が流れ始める。

どうやら、いつもと同じ流れらしい。

音楽を聴いたレオルドは、シルヴィアの機嫌を直してもらおうとダンスを申し込む。

しかし、既にシルヴィアの機嫌は戻っている。

シルヴィアの方はレオルドが自分の機嫌取りの為にダンスを申し込んできたのだと分かると、複雑な気持ちになった。

（む～。もっと工夫して欲しいですわ！　でも、まあ、ここら辺が潮時でしょうね。あまり、意地悪していると嫌われてしまうかもしれませんからね）

怒ればいいのか喜べばいいのか迷ったシルヴィアであったが、レオルドの手を取り、ダンスの返事をした。

レオルドのほうは断られるかもしれないと思っていたら、手を取ってもらえたので一先ず安心した。このダンスで機嫌を直してもらおうとレオルドはシルヴィアと共に踊り始める。

何度も踊っている二人は、長年連れ添ったパートナーのように息が合っている。そんな二人を見たら、多くの者は二人が特別な関係だと思うだろう。

実際、二人のダンスを見ていた多くの女性はレオルドを諦めた。第四王女のシルヴィアが相手では、勝ち目などないだろうから。

それに、あそこまで見せ付けられてはレオルドを略奪しようなどという考えもなくなる。

それほどまでに二人はお似合いであった。

　ダンスも終わり、二人は別れるのかと思いきや、そのまま一緒にパーティを楽しむ事にした。

　何名かの男女がレオルドとシルヴィアにダンスを申し込もうとしていたが、相手にはされないだろうと判断して撤退している。

　やがて、パーティも終わりを告げる。レオルドはシルヴィアに別れの挨拶を済ませて家族と共に家へと帰る。

　王都での用事も終えたのでレオルドは明日にでもゼアトに帰ろうかと考える。

　しばらくは特に大きなイベントもない。運命48（ゲーム）でも闘技大会が終わると、年末に学園で開かれる舞踏会くらいしかない。

　それはジークフリートに関わるものでレオルドには関係ない。

　だから、レオルドはしばらく領地で鍛錬に明け暮れようと考えていた。

「……」

　ベッドの上にレオルドは寝転がり天井を見つつぼんやりと考え事をしていると部屋の扉をノックする音が聞こえてくる。

　レオルドが返事をしようとしたら、扉が開かれる。

「シャルか。どうした、こんな夜更けに？」

　部屋に入ってきたのはシャルロットだった。レオルドが言うように時刻は深夜零時を過ぎようとしている。

「どうしても聞きたいことがあったのよ」

「なんだ？　俺に答えられるなら答えるぞ」

「闘技大会の最後にどうして命を賭けるような真似をしたの？」

「そのことか……」

酷く素っ気無いレオルドの態度にシャルロットは苛立った。レオルドが倒れた時は本気で心配していたのに、そのレオルドがあまり理解していない事に腹を立てた。

「答えて、レオルド。貴方、死にたくないから頑張ってるのに、どうして死ぬようなことをしたの？　貴方の行動は矛盾しているわ。全く理解できないの。だから、教えて。貴方がなにをしたいのかを」

誰もが思っていることだろう。レオルドは死の運命を避ける為に努力をしている。なのに、今回は自ら死を招こうとしていた。

それはレオルドの当初の目的からすれば、酷く矛盾している。わざわざ、シャルロットがこんな夜更けにレオルドを訪れるのも当然のことだろう。

「シャル。俺はな、改めてこの世界の厳しさを知った。俺はいつか来るであろう死の運命を避ける為に努力をしている。もちろん、死にたくないから必死だ。でも、今回俺が命を賭けたのはその為でもあるんだ。何を言っているかわからないだろう。でも、本当のことなんだ。俺は闘技大会で知ることが出来た。自分の力を、そして世界の広さを。俺は確かに強くなっただろう。だけど、足りない、足りないんだよ、全く。ベイナード団長、リヒトー、この二人だけじゃない。世界にはもっと沢山の強者がいる。その中には当然お前もいる。俺は強くならなきゃいけないんだ。それこそ、血反吐を吐くなんてレベルじゃいけない。文字通り命を賭けて死にもの狂いで強くならなきゃいけない。だから、俺はきっとこれから先も無茶を続ける。お前にはきっと沢山の迷惑をかける。今回もお前がいたから俺は無事だったんだろう？　自分勝手な理由だがシャル、お前の力が必要なんだ。これからも、俺の側にいて欲しい」

「……そこまで強さに拘る理由を聞いてないんだけど？」

「まだ決まったわけじゃないが、近い内に帝国と戦争になる。その時、最初に狙われるのがゼアトだ。圧倒的な戦力差に加えて帝国の中でも最強と謳われている男が攻めてくる。今の俺が戦えば恐らく負けるだろう。だからこそ、強くならなきゃいけないんだ」

「逃げればいいじゃない。戦う必要はないはずよ」

「そうだな。お前の言うとおりだ。逃げればいいだけの話だ。でも、俺は領主だから戦うよ」

「どうして？　死にたくないんでしょ！　だったら、責務なんて放棄して逃げればいいじゃない！」

「好きなんだよ、今がな」

「……なにそれ。今を守りたいから逃げないってこと？　死にたくないから頑張ってるのに意味がわからないわ。言ってることが滅茶苦茶よ」

「もう決めたんだ。逃げられない運命なら勇気と覚悟で立ち向かうしかねえってな」

「バッカみたい……」

呆れ果てるシャルロットにレオルドは何も言わない。ただ、言いたいことは全て言ったつもりだ。レオルドはここでシャルロットに見限られても仕方がないだろうと腹を括っている。

でも、シャルロットなら分かってくれるかもしれないという期待もしていた。

「はあ〜〜〜っ！　ほんと馬鹿みたい。いいわ。付き合ってあげる。貴方が死ぬその時まで」

「そうか。ありがとう、シャル。これからもよろしくな」

心底嬉しそうに笑うレオルドに、シャルロットは我ながら単純だなと自分に呆れていた。

（ほんと馬鹿みたい……）

心の中でそう呟いたシャルロットは、目の前の男がどのような運命を辿るのだろうかと想像するのであった。

一夜明け、レオルドは帰宅の準備を整える。まあ、着替えといった手荷物しかないから時間はかからない。

最後に家族と別れの挨拶を済ませてレオルドは部下と共にゼアトへと戻っていった。

ほんの数日しか空けていないが、久しぶりに感じるレオルドは屋敷の中へと入る。

屋敷へと戻ったレオルドは一旦情報を纏める為に自室へと籠る。

久しぶりに隠していたマル秘ノートを手に取り、机の上で広げる。そこには運命48の情報が書かれている。

今回、闘技大会で得られたのは、この世界の強者達の実力とジークフリートの現状。

前者は、絶望感が凄まじい。レオルドも死の運命を避ける為に日々鍛錬を積んでいるが、まだ弱い。

それでも、今のレオルドは王国でも上から十番以内に入るくらいは強い。これだけでも十分なのだが、レオルドからすれば物足りない。

どうして、そこまで強さに拘るのかと言えば、レオルドが死ぬ原因の多くは他殺である為だ。

だからこそ、レオルドは強さを手に入れ抗う術を身に付けなければならない。

後者に関してレオルドが出来る事と言えば助言を促して強化させるくらいだ。だが、重要事項でもある。

ジークフリートは覚醒し、今後更なる成長を見せるだろう。世界がどのような展開を見せていくかは不確かだが、ジークフリートが鍵となるのは確かである。

運命48であればジークフリートが覚醒するのは学園を卒業後、騎士になってからだ。騎士になったジークフリートは任務をこなしていき、長年王国の頭を悩ませていた餓狼の牙を討伐する際に覚醒する。

所謂、覚醒イベントである。格上の相手であるジェックスに敗北してジークフリートは己の弱さを知る。

そして、仲間やヒロインに励まされてジェックスと再戦。その時に今まで謎に包まれていたジークフリートのスキルが覚醒してジェックスを倒すといったものだ。

悲しい事にジェックスもレオルドと同じように必ず死んでしまうキャラであった。レオルドが運命48のバトルシステムを説明する為に用意されたかませ犬で、ジェックスはジークフリートを覚醒させる為に用意された踏み台なのだ。役割としては似ている二人である。

ただ、今はジェックスが貴族から盗んだ不死鳥の尾羽という蘇生アイテムを手に入れる為にレオルドが仲間にしているので死ぬ事はないだろう。

そのおかげでジークフリートの覚醒イベントが消えてしまったが、闘技大会で覚醒したので結果オーライだ。

「ただな〜、まだジークは自分の力を把握しきれてないから弱いんだよな」

今のジークフリートは戦力にはならないだろう。

ならば、今後の課題としてレオルドはジークフリートの強化をすることにした。

「……乱交でもさせるか？」

極論であった。確かにジークフリートのスキル、絆の力は結ばれたヒロインが多ければ多いほど強くなる。さすが、エロゲの主人公。涙を流した数だけ強くなれるヒロインがいれば、女の子が沢山いれば強くなれる主人公がいてもおかしくはない。

しかし、ジークフリートが本格的にヒロインと結ばれるのは先の話だ。正確に言えば、ジェックスを倒した後からである。

恋人でもなければ婚約者でもないのに、性交に至るのはおかしな話であるが、エロゲなので仕方がない。そう仕方がないのだ。

だって、Ｈしないと主人公が強くならないのだから。

その点をよく指摘されていたのは言うまでもない。まあ、逆に面白い事を言われていたりもする。

「世界中の女と犯れば最強じゃん」と。

理論上ではそうなのだが、その前にジークフリートが腹上死すると公式が述べていたが、

「いやいや、四十八人に加えてＤＬＣの十六人を合わせて六十四人ものヒロインと乱交する絶倫主人公ですよ。可能かもしれない！」などと購入者から突っ込まれている。

ちなみにレオルドというより真人も同じような考えである。

　ジークフリート最強計画を始動させる時が来たのかもしれない。多くのプレイヤーが考え、導き出した全世界の女とジークフリートを結ばせるという壮大で果てしないバカな計画。

「ふっ……まあ、心身ともにだから無理なんだがな」

　そう、レオルドが呟いた通り、絆の力は強力であるが信頼関係も結ばなければならない。あえて言うなら愛のない〇〇〇《ピー音》ではダメなのだ。なんとも虚しい形で夢は潰えることになってしまった。

　色々と脱線してしまったがレオルドは今後の流れを纏める事にした。

　まずはジークフリートの身辺調査で今後の展開を予想。次にジークフリートの強化。これは、難しいかもしれないが、重要事項なので必須。

　そして、自身の強化も必須だ。さらにゼアトの防衛を強化させる為に兵器開発や軍備の強化だ。ただし、慎重にしなければ王国から不信感を持たれるので国王と相談。

　やる事は決まった。

　あとは今までどおり必死に頑張るだけだ。色々と各地を走り回る事になるかもしれないが、レオルドは死なない為にもやり遂げるしかない。

「さて、今日も一日頑張るとするか」

　マル秘ノートに今後の計画やゲームの役立つ知識を書いたレオルドは部屋を出て行く。

　部下達を集めて今後の計画を話し合い、レオルドは未来に備える。いつか来るであろう死の運命に抗う為、レオルドは今日も奮闘する。

　闘技大会からあっという間に時は流れて、春の季節。

「……ジェックス。帝国の内情はどうなっている？」

「調査した結果だが、大将の言うとおり、かなり危うい状況だった。まず、軍事力の強化。武器の増産。兵器の開発。帝国は近いうちに戦争でもおっ始めるんじゃないかって、帝国民も不安がっていたぜ」

「そうか……」

　既にジークフリートの身辺調査を行い、ハーレムルートに突入している事を知っているレオルドは対策を練ることにした。

　まずハーレムルートについてだが、大まかな流れとしては帝国戦争編、聖教国陰謀編、魔王編の三部構成になっている。

　だから、これから起こるのは最初のイベントである帝国戦争だ。一応、対策というよりは起きないようにレオルドは裏工作をしていた。ギルバートを帝国に送り込み、戦争を起こす張本人である第二皇子を暗殺しようと企てたりしたが、守りが固く断念せざるを得なかった。

　いくら現役を引退したとはいえ、伝説の暗殺者であるギルバートでさえ突破出来ないとはレオルドも思わなかった。

　これは想定以上に厳しいものになりそうだと考えるレオルドは足りない頭を必死に回転させて、対策を練っていく。

　もしも、戦争になれば最初に帝国が狙ってくるのはゼアトである。王国で防衛の要となっているゼアトを落とすのは理に適っている。

　ただレオルドは戦争になる可能性を考慮して、ゼアトの軍備を強化している。何度も王都へと足を運び、国王と宰相に相談して頭を下げて軍備の強化を取り付けた結果だ。

　そのおかげで、ゼアトは今まで以上に固い守りとなっている。そう簡単には帝国に落とされないだろうとレオルドは自負している。

　しかし、兵器の開発は上手くいっていない。レオルドが持つ異世界の知識には残念ながら、軍事兵器に流用出来る物はない。

　強いて言えば自動車を移動手段に用いるくらいだろう。

　一応、その手の知識を持つ人材を集めて兵器開発に携わせているが、今の所難航している。

　そもそも、秋と冬の数ヶ月しか経っていないのだから、当然といえよう。

　兵器の開発の方は期待できそうにないが、ゼアトの騎士団は着実に強くなっている。レオルドがバルバロトに指示を出しており、騎士の強化を行っていた。

ただ、懸念するべき点は騎士の数が少ないという事。レオルドは使える人脈を使って騎士を集めようとしたが、他の貴族から邪魔をされてしまい満足に集める事が出来なかった。戦争でも起こそうとしているのか、内乱でも起こそうと言うのかと疑われてレオルドは一部の貴族からは反感を買っていた。

それもそうだろう。領地を発展させて豊かになっていくゼアトを見れば、多くの貴族は気持ちのいいものではない。嫉妬して少しでも足を引っ張ってやろうと考える者は当然いる。

その事にレオルドは腹を立てたが、すぐに割り切った。これから先、何度も同じような事が起こるはずだから一々気にしていては埒が明かないと、レオルドは切り替えて前へと進む。

レオルドが報告書に目を通すと、そこには現在のジークフリートについて書かれている。現在、ジークフリートは騎士となり鍛錬に励み、任務をこなしている。基本は魔物の駆除、盗賊や山賊の討伐といったものだ。

恐らく、闘技大会の頃よりは強くなっているに違いない。スキルについてはレオルドが派遣したカレンから伝わっているので、問題なく成長している。

ただ、ゲームと違い絆の力が発揮される友好度の数値が可視化されないので、何度も検証しなければならない。

レオルドは知らないがジークフリートは同期の騎士と握手したりしてスキルの確認を行っている。

今の所、絆の力が作用されたのはロイスとフレッドの二人のみ。

女性には試してないのかと言えば試してはいない。男と違って絆の力が作用する条件が厳しすぎる。ゲームでは簡単だったのだろうが、現実になれば色々としがらみが多いので難しいのだ。

その事をレオルドは考慮していなかった。

しかし、ジークフリートの強化は必須事項である。何故(なぜ)ならば、戦争に終止符を打つのがジークフリートだからだ。

これはゲームでの話ではあるのだが、ヒロインの中に帝国の皇女がいる。その皇女が帝都へと侵入する抜け道を知っており、尚且(なおか)つ皇女の協力者が手伝ってくれて、皇帝の前まで連れて行ってくれる。

現実でもそうなるかと言われれば怪しいかもしれないが可能性は高いとレオルドは思っている。なにせ、ジークフリートのハーレムメンバーに皇女がいるのを確認しているからだ。

運命48(ゲーム)の知識を持っているレオルドが行けばいいのではと思うかもしれないが、色々と障害があり皇女の協力者がいなければ突破できないのだ。

「シャルが協力してくれるなら、簡単な話なんだけどな……」

愚痴を零すがシャルロットは協力してはくれない。シャルロットは国家に関わらないと誓っているのだ。

だから、レオルドを助けたり協力したりはするけど、国が関わるような事であれば力を貸さないようにしている。

「さて、どうするか」

偵察部隊を帝国に送り込み、定期的に情報を仕入れているレオルドは戦争に備えていく。

本当にゲームの通りに進めば、帝国と戦争になりレオルドは前線に立つことになるだろう。

ちなみにだが、ゲームのレオルドは戦争になると真っ先に逃げ出して生き延びる。ただ、やはり寿命がほんの少し延びるだけで最後は死ぬのであった。

とある一報がレオルドの元に舞い込む。それは、想定していたものであり、最悪のものである。

帝国の皇帝が退位して新しい皇帝が即位したという報せだ。運命48と同じ展開であり、帝国との戦争が始まりを告げるものであった。

「そうか……新皇帝はアトムースか？」

「あ、ああ。なんで大将は知ってるんだ？　まだ、俺は教えてないはずだが？」

「予想していたのがたまたま当たっただけに過ぎないさ。それよりも、報告を頼む」

「お、おう」

少々、レオルドの言い分が腑に落ちないジェックスである。そこまで正確な予想が出来ていたなら、どうして最初に言わなかったのかと。しかし、聞いたところでレオルドは素直に答えてはくれないだろう。なら、まずは偵察部隊が仕入れてきた情報を報告する。

「まず、新しく即位した皇帝は大将の言ってる通り元第二皇子アトムースだ。先代皇帝は隠居したらしく、第一候補であった第一皇子はアトムースに譲ったらしい。それで、アトムース皇帝は戴冠式でこの大陸を統一すると豪語して、手始めにこの国を攻め落とすっていう話だ」

「戦争は避けられそうにないか……」

「無理だろうな。大々的に発表したから、後には引けないだろうよ」

「それもそうだな。この話はもう王都に届いてる頃か？」

「ああ。恐らくはな」

「なら、王都から招集が掛けられるだろうな」

「戦争の準備か？」

「ああ。話し合いの場を設けようにも、帝国はこの国を攻め落とすと宣言したのだろう？なら、話し合いなどしないはずだ。確実にこの国へ攻撃を仕掛けてくるだろう」

「だとしたら、まずはここか？」

「そうだな。この国を落とすとしたらゼアトを攻略する必要がある。だから、最初に狙われるのは間違いなくここだ」

「大将はそれが分かってたから、今まで準備を進めてきたのか？」

「…………最悪の事態を想定しただけに過ぎんさ」

「だとしても、あまりにも正確じゃねえか？　大将はまるで未来を知っているかのように見えるんだが……」

「未来……か」

ジェックスの言う通りレオルドは未来を知っている。だからこそ、必死に努力をしているが戦争は避けることが出来なかった。

レオルドは第二皇子の暗殺を実行しようとしたが守りが固かった為に失敗に終わっている。相手を褒めるべきか、それとも世界の強制力が働いたのか、どちらにせよレオルドは未来を変えることは出来なかった。

（……出来る限りのことはした。後は、いつも通りだ）

出来る限りのことをしてきたレオルドは戦争に備えるだけ。ジェックスからの報告を聞き終えたレオルドは、部下達を会議室に集めて今後のことについて話し合うことにした。

「よく集まってくれた。既に聞いている者もいるだろうが、帝国では新皇帝が即位した。

その新皇帝は大陸を統一すると宣言したそうだ。その手始めにこの国を標的にしている」

レオルドの言葉を聞いて、息を呑む者、沈黙している者とそれぞれの反応を見せている。

「恐らくだが既にこの話は王都にも伝わっている頃だろう。戦争は避けられそうにない。ここまで話せば分かっていると思うが、ゼアトは戦場になる。各自、覚悟を決めて準備をしておくように」

「レオルド様。戦争は本当に起こるのでしょうか？」

伝えることを伝え終えたレオルドにバルバロトが質問する。

「ジェックスからの報告では皇帝は宣言したそうだ。今更、撤回するなどということはないだろう」

「しかし、帝国とは和平を結んでおり、友好な関係であったはずです。それが、皇帝が替わったからと言っていきなり戦争というのは流石におかしな話ではないでしょうか？」

「む……そう言われてもな。今の皇帝は野心家なのだろう。だから、大陸統一を目標に掲げている。俺達がどれだけ文句を言おうとも止まりはしないだろうし、心変わりはないだろう」

「なるほど……」

納得はしていないが少しは理解できたバルバロトはそれ以上の追及をやめた。他に質問はないかとレオルドが部下達を見回すが、誰も手を挙げないし口を開かない。それを見たレオルドは話は終わったと解散を告げて、部下達は会議室から出ていく。

　残ったのはレオルドとギルバートの二人。レオルドは腰掛けていた椅子に深く沈み込んで憂鬱そうにしている。

「坊ちゃまが私に第二皇子を暗殺するように命じたのはこの事を知っていたからで？」

「確かなことは分からなかったが危険性はあったからな。先に排除しておこうとしたんだが……」

「申し訳ございません。私が失敗したばかりに」

「いや、お前の責任ではない。俺が相手を侮っていたんだ。だから、お前に落ち度はないさ」

　レオルドは頭を下げるギルバートを許しつつ、次の手を考えるが何も思い浮かばない。運命48の攻略知識はあっても本物の戦争をどうにかする知恵はレオルドにはなかった。

　だからこそ、戦争を起こす張本人を消そうと試みたのだ。残念ながら失敗に終わってしまったが。

（……どうするかな。第二皇子は皇帝になった。戦争は確実。ゲームのレオルドなら逃げて生き延びるんだけど、俺は逃げるつもりはない。だけど、俺にゼアトを守り切る事が出来るのか？　相手は大陸一の国家で軍事力の差は歴然。はっきり言って勝ち目はない。ただ、ゲームなら……！　ああっ！　くそっ！　本当、嫌になる……）

運命48であったなら、ゼアトは陥落寸前で戦争は終結する。主人公（ジークフリート）の活躍によって皇帝が倒されてだ。

ただ、それはゲームでの話だ。この世界でも同じことが起こるかは分からない。なにせ、レオルドが変えてしまった。大筋の物語（ストーリー）こそ変えられなかったが、レオルドはジークフリートが得られるものを奪ってしまったのだ。それがどのような変化を起こすのか。近い内にレオルドは知ることになるだろう。

王城へと呼ばれたレオルドは使者に連れられて、会議室へと向かう。レオルドが会議室へ入ると、そこには既に多くの貴族が円卓を囲むように椅子に腰掛けていた。そして、その貴族達はレオルドが入ってきた瞬間、一斉にレオルドの方へと顔を向ける。

多くの視線を浴びるレオルドだったが、緊張することもなく空いている席へと座る。横にいる貴族や目の前に座っている貴族が睨（にら）んでくるがレオルドは相手にすることなく腕を組み目を瞑（つぶ）った。

そのような態度のレオルドに怒りを顕（あらわ）にする貴族は顔を歪（ゆが）ませるが口は出さない。今のレオルドは国王からの信頼も厚く、ベイナードとも互角に戦えると知られているからだ。文句を言おうものなら、どうなるかわかったものではない。流石にそこまで愚かな貴族はこの場にはいなかった。

　レオルドが到着してからも、続々と貴族が集まってくる。呼ばれているのは、有力な貴族ばかりである。今回の会議は国の存亡に関わることなので当然と言えよう。

　やがて、すべての席が埋まり、国王が最後に入ってきて上座に座る。重苦しい雰囲気の中、国王が集まった貴族に顔を向けて口を開く。

「よく集まってくれた。今回、呼び出したのは他でもない帝国のことだ。既に知っている者もいると思うが、帝国で新しい皇帝が即位した。そこまでなら、このように呼び出すことはなかったが事態は急を要する。帝国の新しい皇帝アトムースが戴冠式の場で大陸統一を宣言し、その最初の標的となる国を我が国と定めた。ならば、我らは黙ってはいられない。そこで先日、我が国から使者を送ったが相手にもされなかった。どうやら、帝国は本気で戦争を起こすつもりのようだ。話し合いの余地はない。残された手は一つのみ」

　誰かが生唾を飲み込んだ。ゴクリという音が静寂の会議室に鳴り響く。

「戦争しかない。だが、知っての通り、帝国は大陸一の大国で軍事力の差は歴然。はっきりと言えば戦争になれば、我が国は負けるだろう」

　敗北、その言葉は同時に死を意味する。一気に会議室の空気は最悪なものになる。どうにかして生き残ることはできないだろうかと思案する者もいれば、祖国の為になにか出来ないだろうかと考える者もいる。

そして、一部の者達は顔にこそ出ていないが、心の中では笑っていた。その者達は帝国に買収されていた者達である。

アトムースが送り込んだ工作兵に唆されて帝国に寝返っているのだ。別に悪いことではない。負けると分かっている戦いをするよりは賢い選択である。

会議室の空気が最悪の中、レオルドは作戦を練っていた。頭の中で帝国軍との戦争のシミュレーションを必死に行っていた。

帝国にいる最大戦力の帝国守護神を相手にレオルドは自身がどこまで通用するかを計算している。

帝国守護神とは炎帝のグレン、禍津風(まがつかぜ)のゼファー、永遠のセツナという異名を持つ三人だ。

全員がベイナードとリヒトーと互角かそれ以上の実力を持っている。

もしも、レオルドが戦う事があれば勝率は低いだろう。

とはいえ、戦争は一人で行うものではない。国全体が一致団結して行われるものだ。

ならば、やり方次第では帝国守護神にも勝てるだろう。ただし、一致団結すればの話だが。

しばらく考え込んでいたレオルドは周囲の状況を忘れていた。

今は大事な会議をしているのに、レオルドは一人対帝国戦を考えている。腕を組み瞑想(めいそう)

をしているかのように目を瞑っているレオルドを見た国王は、声を掛ける。

「レオルド。なにかいい考えでもあるのか？」

名前を呼ばれてハッとするレオルドは目を開いて、国王の方へと顔を向ける。

「……話し合いは不可能とのことですが和睦の証を献上してみるのはいかがでしょうか？」

「それは既に検討したが、そもそも帝国はこちらに取り合うつもりはない。だから、意味はなさないだろう」

「そうですか……」

無難な答えを言ったレオルドだったが一蹴されてしまう。それ以上の策は思い浮かばないレオルドは下を向き、黙り込んでしまう。

それを見た国王は、他の者にも何かないかと問い質すことにした。

しかし、誰一人としてまともな意見はない。

揃いも揃って無能ばかりと嘆きたいが、そもそも帝国との軍事力に差がありすぎる。だから、どう足掻いても勝ち目などないのだ。

「シャルロット殿にご助力を願えばよろしいのではないでしょうか？」

騒がしかった会議室がその一言で静まり返る。発言した貴族に視線が集中して、続きの言葉を待った。

「こちらにはレオルド伯爵が懇意にしている世界最強の魔法使いであられるシャルロット殿がおられるのはご存知でしょう。彼女がこちらに協力さえしてくれれば、戦力差を引っくり返すのも容易だと思われるのですが、いかがかな？」

素晴らしいといったように、その貴族を褒めるように手を叩く貴族達。

「おおー！　確かにその通りだ。しかし、彼女は国家の問題に関わらないのでは？」

「いやいや、流石に今回は彼女も手を貸すでしょう。なにせ、懇意にしているレオルド伯爵の命も懸かっているのですから」

そう言うとレオルドの方へと多くの視線が集まる。その視線を受けたレオルドは、彼らにもわかり易く伝えるようにゆっくりと説明を始めた。

会議室にいる全員から視線を浴びるレオルドはシャルロットが自分を助けることはないことを伝える。

「期待しているところ申し訳ありませんが、シャルロットは今回の件について関与することはありません。ですから、彼女を戦力に数えるのは無意味でしょう」

レオルドの言葉を聞いて、やはりかと落胆する者もいれば、納得できないとレオルドに問い詰める者もいる。

「レオルド伯爵が頼み込んでも協力は取り付ける事ができないのですかな？」

「はい。懇意にしておりますが、彼女はあくまで知的好奇心を満たす為に私の側にいるだけですので」

「しかし、聞いた話によるとお二人は大層仲がよろしいとのことですが？」

「そうですね。彼女は転移魔法を復活させた私に興味を持っているので、そう見えるだけでしょう」

「でしたら、なぜいつまでもレオルド伯爵の側におられるので？」

「さあ。それこそ、彼女にお聞きください」

「では、最後に一つ。シャルロット殿は今回の件について知っておられるので？」

「ええ。彼女も存じています。その上で私には協力しないとのことでした」

「そう……ですか……」

　しつこく食い下がっていた貴族はレオルドの態度、言動から真実であると見抜き、落胆を隠せなかった。シャルロットは王国にとっては最後の希望と言ってもよかった。なにせ、レオルドと良好な関係であり、王国に対しても友好な関係だと思っていた。

　しかし、残念ながら現実は甘くはなかった。シャルロットは話に聞いていたとおり、国家が絡む問題には関わらないのだ。

　これで、王国としては取れる手段が一つ減った。しかも、一番あてにしていたと言ってもいい。

　やっと質疑応答が終わったレオルドは一息つく。だが、すぐに別の貴族がレオルドへと質問を投げかけた。

「レオルド伯爵。少々お尋ねしたいのですが、もしレオルド伯爵の身に危険が迫ったらシャルロット殿は動くのですかな？」

「それはわかりませんが状況によるかと思います。個人的なことであれば彼女は助けてくれるでしょうが、今回のように戦争となれば彼女が助けてくれるかは定かではありません」

「それは、つまり彼女の気分、いや、気持ち次第ではレオルド伯爵は助かるということですか？」

「その可能性があるかないかで言えば、あると答えましょう」

「ほう！　だから、レオルド伯爵はこのような状況だというのに冷静なわけなのですね！」

突然の事にレオルドは一瞬ポカンとした表情を見せる。その顔を見た貴族がニヤリと笑い、さらにレオルドを追い込もうと畳み掛ける。

「何ということだ！　今、王国は未曽有の危機に陥っているというのにレオルド伯爵は自分は死なないからと言って、知らん顔ですか！　陛下！　レオルド伯爵はどうやら此度の件について真面目に話し合うこともしない薄情者です！　このような薄情者がいては戦争をする前に負けてしまうでしょう！　どうか、この薄情者に相応しい罰を！」

（はあ？……俺を貶めようってことか。じゃあ、そっちがその気ならこっちも容赦はせ

ん）

　下を向き、黙り込むレオルドを見て勝ったと確信する貴族は内心で大笑いをしていた。

しかし、次の瞬間、レオルドが懐からある物を取り出す。

「このような場で出すつもりはありませんでしたが、そちらがその気ならこちらも応えましょう」

　そう言ってレオルドが取り出したのは、シャルロットから借りた魔法の袋。袋の中に手を突っ込み、いくつかの書類を取り出す。丸まった書類をレオルドが広げて、全員に見えるように突き出す。

「それは……んんっ!?」

　レオルドを貶めようとしていた貴族はレオルドが広げた紙を見て目を限界まで見開いた。

「見覚えがあるようですね。この紙がなんなのか」

　目を見開き冷や汗をかいている貴族はレオルドから、その紙を奪い取ろうとするが、そうはさせないとレオルドが紙を遠ざける。

　その光景を見ていた国王はレオルドが持っている紙が気になり、問いかけた。

「レオルド。お前が持っているその紙はなんだ?」

「は！　この紙は契約書でございます！　契約内容は、今回の戦争で王国を裏切れば帝国貴族として迎え入れるとの内容です」

「なんだとっ!?」

驚きの声を上げる国王に加えて一部の貴族も驚いている。まさか、すでに裏切り者がいようとは思いもしなかっただろう。

しかし、それ以上に気になるのはレオルドがどうしてそのような情報を持っていたかだ。それに、レオルドが手に持っている契約書は、恐らく厳重に保管されていたに違いない。

一体どうやって契約書を手に入れたというのか。

（ふっ。餓狼の牙を舐めるなよ。アイツらの情報網は凄いんだからな！　お前らが、帝国のスパイと密会していたことは知っているんだよ！　まあ、口約束とかだったら証拠がなくて追い詰めるのは不可能だったけど、流石は意地汚い貴族だ。きちんと契約書を書くなんてな。そこだけは褒めてやるよ！）

今度はレオルドがニヤリと口角を上げた。それを見た貴族は歯を食いしばり、なんとか言い逃れをしようと国王に訴えるが、レオルドが持つ契約書があるので国王は取り合わない。

「……レオルド。他にもいるのか？」

「本来であれば、後ほど陛下へと報告する予定でした。戦の前に士気を落とすようなことはしたくなかったのですが、裏切り者は一人ではありません。こちらが、その証拠です」

魔法の袋から次々と出てくる契約書の数に国王は頭を抱える。まさか、ここまで多くの臣下が裏切っているとは思わなかったからだ。頭が痛くなるが、裏切り者をいつまでも野放しにするほど優しくはない。

国王はレオルドから受け取った契約書に目を通してサインしている者達を騎士に命令して牢獄へと投獄した。

会議室にいた貴族の数が減り国王は目頭を揉んでから話を続けることにした。

「ふう。先程は驚かされたがレオルドよ。他にはなにかないか？」

「いえ、特にございません」

「使えそうな情報もないか？」

「……お役に立つような情報は申し訳ございませんがありません」

「そうか。わかった。では、会議を続けようか」

会議は続くが、悲しいことに時が過ぎるだけで無意味なものになっている。

（……ゲームだったら、ここら辺で第三王女が乗り込んできて奇襲作戦を唱えるんだよな。戦力差は歴然としているから、まともに戦っても勝ち目がない。だから、防衛に徹して少数精鋭で皇帝を叩くっていう作戦。普通なら無理なんだろうけど、アトムースから逃げ出してきたヒロインの一人である第七皇女の協力で可能性を見出す。そんで、主人公と仲間が皇帝を倒す為に帝都へと攻め込むといった展開なんだが……！　俺がジークから活躍の場とか奪ったから何の功績も挙げてないただの新米騎士なんだよな～！）

そう、本来ならレオルドの部下になったジェックスこと餓狼の牙をジークフリートが捕まえることに成功して功績を挙げるはずだった。ゲームだったら、そのままジークフリートは活躍を重ねて、陛下や公爵家から認められるのだがレオルドがその未来を潰した。

そのおかげで、ジークフリートはただの新米騎士のままである。

仮にここでゲームのように第三王女が会議に参加してきて奇襲作戦を伝えたとしても、ジークフリートを起用することは無いだろう。なにせ、何の功績も持たない新米騎士だ。

(どうする？　俺が奇襲作戦を提唱するか？　ああーっ！　くそ……ゲームだったら……ああ、もう！　ゲームじゃない！　ここは現実なんだ！　何回同じこと考えればいいんだよ！　アホか、俺は！)

ゲームだったらと頭の中がこんがらがっているレオルドだったが、決心がついたように立ち上がる。

「陛下。帝国と我が国は戦力の差が歴然としています。なので、正面からぶつかり合っても勝てないでしょう。ですから、奇襲作戦はいかがでしょうか？　まず、ゼアトで防衛線を敷いて帝国軍を食い止めます。その間に、少数精鋭で帝都へ侵入し、皇帝を押さえるというのはどうでしょうか？」

「ふむ。確かにいい作戦ではあるが、どうやって皇帝の前まで行くつもりだ？　帝都は守りを固めているはずだ。そう易々と皇帝の元へは辿り着けぬだろう」

（ですよね！　わかってました！　この作戦ってぶっちゃけ皇女がいなきゃ成立しないし！）

提案を出してみたものの、現実的な問題を指摘されてしまいレオルドは座りなおす。

それから、しばらくの時間が流れたがレオルドが提案した奇襲作戦以外は聖教国に協力を求めるというものだけであった。

それに聖教国と協力した所で戦力差は大して埋まらない。それほどまでに帝国の軍事力は凄まじい。

それとレオルドはまだ知らないが、聖教国はシルヴィアの身柄を要求している。その理由はシルヴィアのスキルにある。

シルヴィアのスキル、神聖結界は名前の通り聖なるものとされている。

だから、聖教国はシルヴィアを聖女として自国に迎え入れたいと王国に意見してきたのだ。

聖教国に協力を求めようものなら、シルヴィアを差し出すしかないだろう。

（シルヴィアを差し出せば、聖教国は味方をしてくれるだろう。しかし、親としては……）

国の事を考えればシルヴィアを聖教国に引き渡し、戦力を確保すればいい。

だが、それではシルヴィアがどうなるかはわからない。

シルヴィアはレオルドのことを気に入っている。いや、愛している。

二人を引き裂くような真似は親としてはしたくない。だが、先程も言ったように王として正しい選択をするならば、娘を差し出し聖教国から協力を取り付けるべきだ。

王として親として悩む国王はレオルドをチラリと見る。

その眼差しには期待が込められていた。レオルドならなんとかしてくれるのではないだろうかと。

しかし、残念ながらレオルドは戦争に関しては素人同然だ。だから、ゲームで得た知識や展開からしか予想が出来ない。打開策を考える事は出来ないだろう。

すると、その時、会議室の扉が勢い良く開かれる。バンッという音が会議室に鳴り渡り、中にいた全員が扉のほうへと顔を向ける。

そこにいたのは、第三王女であるクリスティーナであった。

「クリス！　一体何事だ！」

「陛下。大事な会議中に申し訳ありませんが、私の話をどうか聞いて頂けないでしょうか？」

「この場でないとダメな理由でもあるのか？」

「此度の帝国との戦争に関わる事なのです」

「なに？　それはどういうことだ？」

困っていた所にクリスティーナが今回の件に関する重要な情報を提供してくれた。

実は先代皇帝は囚われの身となっており、今の皇帝は謀反を起こして無理矢理即位したというもの。

だから、今回の戦争は皇帝さえどうにかできれば解決するかもしれないということだった。

そして、皇帝から逃げてきた第七皇女の力を借りれば、皇族だけが知っている秘密の通路を使って皇帝の下まで辿り着けるという。

「ですから、奇襲作戦などはどうでしょうか？」

「それに関してはこちらでも案が出ていた。ただ、どのようにして皇帝の下まで辿り着くかと考えていたのだが、第七皇女が協力してくれるなら、可能性はあるだろう」

既に奇襲作戦を考えていたという事にクリスティーナは驚いたが、これだけ多くの貴族が集まれば考え付くのも当然かと判断した。

国王とクリスティーナの話を聞いて希望が湧いてきたが、少々問題がある。

「陛下。敵国である皇女の言う事を信じるのですか!?」

「宰相よ。我々には他に手立てがない。ならば、一縷の望みにすがるしかないだろう？」

「しかし、罠だったらどうするおつもりですか？」

「私の友が嘘をつくなどあり得ません！」

宰相の言葉にクリスティーナが激怒する。しかし、宰相の言い分も正しい。第七皇女は帝国の人間である為、嘘を言っている可能性もある。ただ、わざわざ王国に来てまで嘘をつく必要はない。それにクリスティーナからの話では逃げてきたというではないか。

ならば、嘘をつく意味など全くないのだ。

三人のやり取りを見ているだけだったレオルドは、思い切ってクリスティーナの援護に出ることにした。

「宰相殿。私はクリスティーナ殿下の意見に賛成です。第七皇女を信じてみてはいかがでしょうか？」

「なっ！　王国の未来を左右するかもしれない問題を博打にかけるようなものだぞ！　レオルド。一体なにを考えている！」

「先程も陛下が仰っていたように我々に残された手段は戦う事のみです。しかも、勝ち目のない戦です。しかし、第七皇女という一縷の望みがここにある。ならば、縋るしかないでしょう」

「それは分かっているが、そう簡単には信じられないだろう！」

「では、どうするのです！　ここで座して死を待ちますか！　それとも、一縷の望みにかけて打って出ますか！　今こそ決断の時です、宰相殿！！！」

「ぐ……むぅ……」

レオルドの圧に宰相は押し黙る。レオルドの言っていることは理解できるが納得のできるものではない。

王国の未来を敵国の皇女に任せるなど出来ようはずがない。

しかし、レオルドの言うとおり、ここで何もしなければ死を待つだけとなってしまう。圧倒的な軍事力の差があるから戦っても勝ち目はないのだから。

「くぅ……わかった。私も殿下の案を信じよう」

宰相が折れて、奇襲作戦が決行される事になった。

だがここで一つ問題が発生する。

誰が第七皇女に付いて皇帝の下まで行くかだ。

少数精鋭だということは決まっているが、誰がその危険な任務を果たすかが問題になっていた。

最初の候補に挙げられたのは、近衛騎士である。近衛騎士は王族を守る騎士であり、基本は王城で働いており、その実力は王国でも上位に入る。

しかし、近衛騎士は王族の守りが役目であるので、今回のような任務は不向きであると判断されて除外される。

そこで次に挙げられたのは諜報活動を行っている部隊だったが、戦闘に陥れば苦戦を強いられるという事で却下。

つまり、求められる人材は隠密行動に長けて強さを兼ね備えた人物。

（ギルバートしかいねえ……）

そのような人物はギルバートしか思い浮かばなかったレオルドは苦笑いを浮かべていた。レオルドが想像している時、同じようにベルーガも同じことを考えていたらしい。二人はお互いに顔を見合わせて、ふっと鼻で笑い合った。

それからも候補者は挙げられた。だが、やはり第七皇女から聞かされた帝国守護神が厄介だ。

第七皇女から聞かされた話によると、禍津風のゼファーは前線に出され、永遠のセツナは幽閉されており、炎帝のグレンは隷属の首輪という古代の遺物により従順な下僕となっている。

それゆえ、皇帝を取り押さえるなら炎帝のグレンを倒さなければならない。

はっきり言って、炎帝に勝てそうな人物はリヒトーかベイナードの二人だけである。

なので、二人のどちらかが作戦に参加しないといけないのだが、どちらの人物も立場上難しい。

なら、誰が適任かということなのだが、ここでクリスティーナが口を挟む。

「あの、ジークフリート様はどうでしょうか？」

その名前を聞いて会議室にいた多くの貴族は誰の事だと首を傾げるが、すぐにその名前を思い出した。

かつて学生時代にレオルドと決闘騒ぎを起こし、闘技大会でそこそこの戦績を収めた新米騎士だということを。

ジークフリートの名前を思い出した貴族がレオルドに目を向けるが、そのレオルドはというと混乱に陥っていた。

（どういうことだ？　俺が知っている内容と違う？　なんでセツナは捕まってるんだ？）

レオルドは第七皇女から聞いた情報が自分の持っているゲーム知識と違う事に混乱していた。

歴史の流れはほとんど同じだから、ゲームと一緒だと勘違いしている。

普通に考えればわかることだが、反抗的な意思を持つ者を配下に加えようなどとするのは正気ではない。

グレンのように特別な道具を使って本人の意思とは関係なく従える事が出来るなら話は別だが。

（……ゲームだったら、帝国守護神との三連戦なのに、この世界だとグレンだけか。まあ、ゲームでも屈指の強さを誇っていたから、相当強いんだろうな～）

呑気な事を考えているがレオルドは、自分の状況が分かっていない。

レオルドはゼアトの防衛に徹するだけだと思っているが、他の者は違う。

なにせ、レオルドは闘技大会で力を示した。王国屈指の実力を持つベイナードに勝利し、リヒトー相手に善戦したという戦績がある。

つまり、なにが言いたいかと言うと――

「それならばレオルド伯爵がよろしいのでは？」

（……ひょっ？）

――ジークフリートの名前が挙がるならレオルドもありだという事だ。

エピローグ

唐突にレオルドの名前が挙げられる。それは、奇襲作戦である皇帝襲撃作戦に誰が適任かという話だ。

その最終的な候補者にレオルドの名前が挙げられたのだ。

「ふむ。そうですな。レオルド伯爵は闘技大会でベイナード団長を降(くだ)し、リヒトー殿に迫る実力を見せておりましたからな。申し分ないでしょう」

「それに転移魔法を復活させたほどの知恵を持ち合わせていますので、臨機応変な対応も可能でしょう」

褒めちぎる貴族にレオルドは悪い気はしなかったが、非常に焦っていた。このままでは自分がジークフリートの代わりに皇帝襲撃作戦を遂行しなければならない。

それだけは避けたいところだとレオルドが発言をしようとするが、それよりも先にクリスティーナが必死にジークフリートの事をアピールする。

「確かにレオルド様も素晴らしいお方なのですが、そもそもレオルド様はゼアトを治める領主です。ですから、今回の作戦に参加なさるよりも自身の領地を守るのが務めかと思います」

（そうだ、そうだ！　もっと言ってやれ！）

まさかの援護射撃にレオルドは嬉しくなり心の中でクリスティーナを応援する。

「それならば、ゼアトの防衛は別の者に指揮を執らせればいい。それにレオルドは確かに強いが軍を率いて指揮を執ったこともない。それよりも単独で動いた方がレオルドもやり易いだろう」

「それはそうかもしれませんが……」

「何の功績も持たぬ新米騎士よりは、妥当だと思うのだが？」

「……」

国王からのダメ出しによりクリスティーナは完全に沈黙してしまう。

これでクリスティーナの思惑は潰れてしまった。今回の作戦でジークフリートに功績を挙げさせ、自身に相応しい婿とする予定であった。

今のジークフリートはゲームと違い、何の功績も持っていない新米騎士。だから、第三王女であるクリスティーナとは結婚など出来るはずもない。

しかし、レオルドのように圧倒的な功績を挙げる事が出来れば話は変わってくる。

それこそ、今回の作戦で見事皇帝を取り押さえて、戦争を終結させる事が出来たならば、その功績は王国中に認められるものになる。

そうなれば、王国を救った英雄として王女との結婚も可能になるかもしれない。

そのような思惑だったが、やはり新米騎士であるジークフリートには荷が重いと判断されてしまった。

このままではダメだと思うのだが、国王を説得させるほどの材料がない。もう諦めるしかないと、クリスティーナが俯いた時、思いも寄らぬことが起こる。

「陛下。皇帝襲撃の任、私が引き受けましょう」

レオルドは流れ的に自分が引き受けなければならないと判断して立ち上がった。

会議室にいた貴族はレオルドの勇気に拍手を送り、国王は最後の確認をとる。

「引き受けてくれるのか？」

「はい。ご期待に応えられるかはわかりませんが、この身、この命、国の為に捧げましょう」

「感謝する、レオルド。お前のその気持ち、確かに受け取った」

「それで陛下。お願いがございます」

「なんだ。申してみよ」

「同行する者は私が選定をさせて頂いてもよろしいでしょうか？」

「うむ。それくらいなら構わないが、誰を連れて行くつもりだ？」

「ジークフリート・ゼクシア。彼を同行させたいと思います」

レオルドの口から飛び出した名前に会議室にいた全員が驚いた。彼が口にした名前を聞いて会議室にいた貴族はざわざわと騒がしくなる。

一体、なぜ新米騎士であるジークフリートを同行させるのだろうかと、全員が疑問に感じていた。

「レオルドよ。何故ジークフリートなのだ？　お前の部下ならば分かるが、ただの新米騎士を選んだ理由を教えてくるか？」

「はい。私がジークフリートを選んだ理由は、闘技大会で彼と戦った時に彼の力を知ったからです。彼の力はまだまだ未熟でしょうが、磨けば光るものでした。それに、元々ジークフリートは闘技大会で上位の戦績を残していますので悪くない選択だと思うのですが」

「それはそうだが、お前はいいのか？」

「過去の事なら既にお互い水に流しています。ですので、問題はありません」

「そうか。お前がいいというのならば、後はお前に任せよう」

「は！　お任せください！」

それから、しばらく会議は続き、レオルドの代わりにベイナードがゼアトの指揮を執る事になり、会議は終了した。

会議室からレオルドが出て行くと後ろからクリスティーナが追いかけてくる。背後から声を掛けられたレオルドは振り返った。

「レオルド様っ……！」

「ん？　何の御用でしょうか、殿下」

「先程はありがとうございます」

「先程？　ああ、ジークフリートのことですか」

「はい。その、もしかしてレオルド様は私の考えている事を見抜いてのことでジークフリート様を指名してくださったのでしょうか？」

そう言われてからレオルドは、クリスティーナが考えていた事を推測した。

（……あー、もしかしてだけどクリスはジークに功績を積ませたかったのかな。それで自分と格の差を埋めて結婚まで漕ぎ着ける予定だったのか。確かに二人が結ばれるにはそれしかないもんな〜。ゲームならジークがどんどん活躍して功績を挙げるから、結婚まで簡単にいけるけど、現実だと難しい話だ。王族と結婚なんてそう簡単には出来ない。まあ、俺は転移魔法を復活させた件で強引に迫られたけど……）

少しの間、レオルドが沈黙して考え込んでいると、目の前にいたクリスティーナはどうしようかと迷っていた。声を掛けるべきか、レオルドが喋るまで待つべきかと。

しかし、ここは王城の廊下であり人目につくので、あまり長い時間二人でいるのは良くないと思ったクリスティーナはレオルドに声を掛ける事にした。

「あの、レオルド様？」

「ん？　あっ、申し訳ございません、殿下。少々考え事をしていました」

「いえ、それは構いませんが、その先程のことについてはどう考えておられたのでしょうか？」

「ジークフリートのことですね。それは単純に戦力の底上げの為です。ジークフリートとは二度も戦っている身ですので実力は知っています。だから、彼を選んだのです。ただ、それだけですよ。まあ、殿下がわざわざ会議の場に乗り込んできて、ジークフリートを推薦した理由は察しが付きますが」

「はう……っ」

（まあ、ジークを指名した理由は本心なんですけどね。本当ならベイナード団長やリヒトーさんの方がいいけど、無理だから戦力で考えるならジークが妥当なんだよね）

　赤面するクリスティーナだが、レオルドの言うとおり、会議の場であれだけジークフリートを推せば、余程の馬鹿でもない限りは容易に想像出来るだろう。

　クリスティーナがジークフリートにお熱である事が。

　第三王女ともあろうお方が、それでいいのかと思いたくなるが、国王が何も言わないのでいいのだろう。

「では、私はこれで失礼します」

「あ、はい。わざわざお答えいただきありがとうございました」

「いえいえ。これくらいなんでもないですよ。それでは」

クリスティーナから感謝の言葉を受けたレオルドは、自身の領地であるゼアトに戻る前に父親の下へと向かうことにした。

王城に備えられている転移魔法陣を使って実家である公爵家を訪ねるレオルドは、今回の件について報告する。

レオルドは家族に今回自分が皇帝襲撃の任を受けた事を話した。ベルーガは会議に参加していたので知っていたから驚く事はなかったが、他の三人はとても驚いていた。

「レオルド！　本当に大丈夫なの？　帝国守護神の炎帝と戦うかもしれないのでしょ？」

オリビアはレオルドの話を聞いて、いてもたってもいられない。レオルドの両肩を摑み前後に激しく揺り動かしながら詰問され、レオルドは頭がガクガクと動いて視界が揺れる。

「は、母上。お、落ち着いて」

「落ち着いていられるはずがないでしょう!?　これから貴方が向かう先は戦場などより、よっぽど危険な場所なのですよ！　いくら、貴方が強いといっても相手は帝国最強の炎帝。死地に向かう息子を心配しない親がどこにいると思うの！」

「それは十分に理解しています。しかし、私以外となるとギルバートくらいしか候補がいませんでした。ギルバートは既に引退した身です。私の我が儘を聞いてくれただけでも有り難いことだったのに、また無茶をさせるわけにはいきません」

「それなら、他にも何か方法があるはずよ。今からでも遅くないわ。陛下に今回の事は

――」

「母上。私は今まで多くの方に迷惑をかけてきました。そんな私が国の未来を任されたのです。だからどうか見届けてはくれないでしょうか？」

「っ……！　もう貴方は十分に贖罪したわ。それでいいじゃないの……！」

「そうよ！　レオ兄さんは罪を償ってきたわ。それこそ、過去を帳消しに出来るくらいには！　だから、レオ兄さん……いかないで」

「兄さん。僕も母様とレイラの言うとおりだと思います。兄さんは十分に国に貢献してきました。これ以上自分を責めるのは止めてください！」

母親に、そしてかつては憎まれていた弟と妹に諭されてレオルドは覚悟が揺らぐ。

三人の言うとおり、辞退してもいいはずだ。だが、そんな事をすればこの先に何が待っているか、レオルドにはわかっていた。

愛する家族、信頼できる部下達。

彼ら彼女らが帝国に蹂躙され殺されてしまう。

そんな結末を望んではいない。ゲームだったらジークフリートが解決してくれるが、現実はそうではない。

レオルドが変えた。変えてしまった。だから、レオルドは変えてしまったのなら、そのまま変え続けるだけだと決意する。

（死にたくないから、頑張った。今度は失いたくないから頑張る。ああ。やってやろう。ただのかませ犬だと思うな、運命よ。逃れられない運命なら抗（あらが）ってやるさ！）

あとがき

『エロゲ転生』第四巻をご購入いただきありがとうございます！

皆様のおかげで無事四巻まで刊行することが出来ました。本当にありがとうございます。

そして、すでにご存じのこととは思いますがコミカライズのほうも始まっており、『エロゲ転生』という名に恥じないエッチさになっています！　ＷＥＢ原作とも書籍版とも一味違うものになっているので、是非読んでみてくださいね（もちろん！　書籍の方も引き続き楽しんでいただければ！）。

今回も星夕先生の美麗なイラストのおかげでより一層物語に味が出ていると思います。

星夕先生には毎度頭が下がります。適当なキャラ案だけで毎回魅力的なキャラを描いてくださるのですから！

星夕先生、そしてコミカライズを手掛ける奈々鎌土先生、本当にありがとうございます！　お二方には多大な感謝を！

色々と書きましたが『エロゲ転生』をこれからもよろしくお願いします。

名無しの権兵衛

エロゲ転生
運命に抗う金豚貴族の奮闘記 4

発　　行　2023年2月25日　初版第一刷発行

著　　者　名無しの権兵衛
発 行 者　永田勝治
発 行 所　株式会社オーバーラップ
〒141-0031　東京都品川区西五反田 8-1-5
校正・DTP　株式会社鷗来堂
印刷・製本　大日本印刷株式会社

Printed in Japan　ISBN 978-4-8240-0411-6 C0193